KB154424

문예창작실기론 지상강좌 · 3

詩 창작과 좋은 시 감상

임노순 지음

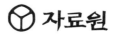

자료원

「詩 창작과 좋은 시 감상」을 펴내면서

내가 처음 시 공부랍시고 어줍잖은 노력을 기울이던 1960년 초반의 경상북도 봉화 땅. 오지 중의 오지인 그곳에서는 교과서 시 이외에는 달리 한 권의 시집도, 한 줄의 신선한 시구도 찾기 어려웠다. 중학교에 진학해서야 처음 들른 서점에서 몇 권의 시집을 읽을 수 있었고, 시구를 달달 외며 표현법을 익히는, 문학수업은 그야말로 독학의 길이었다. 고등학교 때, 나 때문에 신간시집 구입을 하고 있다는 도서관 사서의 도움으로 문학과 관련된 책을 몽땅 얻어다놓고 통독하며 흉내를 내보는 게 그 무렵의 시 공부였다. 당시 어렵게 구한 정한모 선생의 「시론」을 힘겹게 독파한 것 외에는 시인으로 등단을 하기까지 변변한 이론서를 읽지 못했다. 지금처럼 자료나 교재가 풍부한 시대가 무척 부럽게 느껴진다. 물론 시 창작 공부는 예나 지금이나 하루아침에 이뤄지지 않는다. 단 한 과정에, 단 한 권의 교재로 끝낼 수 있는 게 아니다. 그러나 좋은 안내자, 안내서가 있다면 공부가 덜 지루하고 덜 고달플 것임은 분명하다.

시단 인구가 엄청나게 많다. 시인 지망생도 하늘의 별만큼 많다. 시 창작을 가르치는 곳도 많다. 대학의 문창과, 평생교육원이나 사회교육원, 문학단체 부설기관, 언론사 문화센터, 심지어 백화점 문화센터에서조차 시를 가르친다. 그러나 그 어느 곳에서도 정해진 과정 동안 시공부가 끝나지 않는다. 그래서 성급한 대다수의 지망생들은 이곳저곳 기웃거리며 방황하게 된다. 많은 책을 읽었고, 여러 곳에서 문학교육을 받았지만 감이 잡히지 않는다고 나를 찾아오는 지망생들을 보며 어떻게 도와주어야 할까 늘 고민했다.

대학과 평생교육원, 주민자치센터 등에서 십 수년 동안 시를 가르쳐오면서 바른 지도서 한 권 만들지 못한 게 늘 죄책감처럼 남아 나를 괴롭혔다. 남의 이론서로 가르치기도 그렇고, 이론서래야 내용이 하나 같고 문학개론의 범주를 크게 벗어나지 못해서 미안했다. 그렇다고 볼거리, 읽을 거리가 넘쳐나는 지금에 와서 옛날 우리들이 했던 과정을 답습하라고 할 순 없는 노릇이다. 시를 처음 공부하려는 사람에게 알맞은 안내서를 만든다는 생각에서 그동안 강의했던 노트를 정리했다. 이 책으로 시공부가 끝나리란 기대를 해서는 안 된다. 어디까지나 시 창작 안내서일 뿐이다. 다만 이 교재는 고등학생 이상이면 누구나 읽으면서 자연스럽게 시를 이해하고 마침내 창작에 이를 수도 있겠다는 생각에서 엮었다. 앞으로 계속 수정, 보완을 해서 보다 나은 교재로 완성시킬 욕심이다.

　어려운 출판환경 속에서도 문학교육의 뜻을 지속적으로 펼칠 수 있도록 도와주시는 자료원 서동익 대표께 진심으로 감사 드린다.

서기 2002년 2월 14일

耽平齊에서 임노순

I. 문학의 이해 / 11

II. 시론 / 19

IV. 좋은 시 감상 / *145*

Ⅰ. 문학의 이해

1. 문학의 정의

문학(literature)이란 용어는 원래 라틴어 『litera』에 어원을 두고 있다. 그 뜻은 문자(letter), 문법, 기록된 지식, 독서의 능력을 말하는 것이었다. 우리나라에서는 무(武)에 대응되는 영역이며 글 잘 짓는 이를 문장(文章)이라 했다. 시, 소설, 희곡 등의 예술작품을 문학으로 이해하기는 최근의 일이다. 그러나 문예(文藝)인가, 문예학으로서의 문학인가는 논란의 여지가 있다. 그래서 창작적 측면에서는 작품을 쓰는 행위를 말하고 학문적 측면으로 보면 작품을 논리적으로 이해, 연구하는 것이라고 할 수 있다.

문학이란 언어를 매개로 한 인간의 감정이나 정서에 호소하는 예술적 표현이라 할 수 있는데, 과학처럼 법칙이나 기준이 있을 수 없다. 그 이유는 작품이 다분히 주관적이며 개별적 관심에 의해 생산되기 때문이다.

· 문학이란 근본적으로 언어를 매개로 한 인생의 표현이다.
──────── 허드슨(W. H. Hudson)

• 문학이란 거대한 말(言語)이다. 그것은 문자로 기록되거나 책으로 인
쇄된 모든 것이다.

──────── 아놀드(M. Arnold)

• 인간의 손이 나무나 그 제품이나 대용품 위에 기록한 모든 것(의서,
과학서 등 문자로 기록된 모든 것 포함하는 개념)이다.

──────── 롱(Long)

• 문학이란 시와 산문을 막론하고 반성보다는 상상의 결과로서 교훈이
나 실제적 효과보다 될 수 있는 한 많은 이에게 쾌락을 줌을 목적으로
하고, 또한 특수한 지식이 아니라 일반적(보편적) 지식에 호소하는 저술
을 말한다.

──────── 포스넷(Possnett)

• 문학이란 상상, 감정 그리고 취미를 통해서 사상을 담은 표현이며,
모든 사람에게 쉽게 이해되고 또 흥미를 끌 수 있는 비전문적 형식으로
표현된 것이다.

──────── 헌트(Hunt)

문학이 존재하기 위해서는 무엇이 필요한가 하는 것은 중
요한 논의 대상이다. 그것은 문학의 총체적 상황을 판단하
는 것이며, 문학의 판단 기준이 되는 것이다. 먼저 작품이
있어야 하고, 창작한 작가가 있어야 한다. 또한 감상할 독자
가 있어야하며 문학의 재료가 되는 대상(외부 사물-우주)이
있게 된다. M. H. 에이브럼즈(Abrams)의 이론 '문학 작품의
총체적 상황'에서 다음 네 가지를 제시하고 문학이 취급대
상으로 하고 있는 사물(우주, 자연 역사, 인생, 삶 등)과의
관계에서 논의 될 때 모방론적 문학론이 성립된다고 했다.

그리고 문학을 독자와 연관지을 때 효용론이 성립되고 작품 자체의 언어 구조면에서는 존재론, 작가와 연관 속에서는 작가의 사상, 감정이 어떻게 표현되었는가 하는 표현론이 성립된다고 말한다.

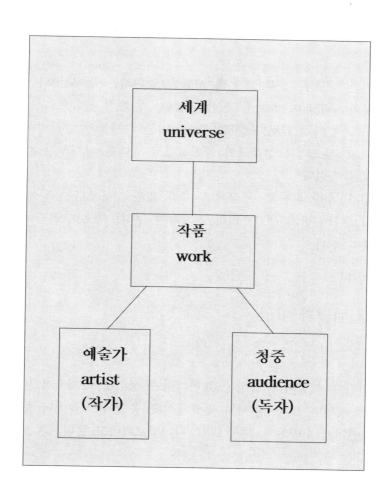

2. 문학의 기원

2-1 언어의 성립을 전제로 한다.

인간은 도구, 노동을 통해 생활을 영위하는 점에서 다른 동물과 구별되며, 노동을 통한 손놀림, 즉 손의 활동으로 서서히 지능이 발달했다. 지능발달과 더불어 사물의 관찰력이 생기고, 사고력과 상상력이 증진하면서 언어를 탄생시킨 것으로 추측한다.

문자 발생 이전에, 조각이나 그림 혹은 무용보다는 뒤에, 음악보다는 먼저 생겼으리라 짐작하며 구비문학으로 전달되었을 것이다.

2-2 예술의 기원

인간의 사상이나 감정을 표현하려는 성격에서 예술이 비롯된 것이며 노동, 원시적 주술의식과 융합되어 놀이와 무용, 언어가 수반된 노래(민요)로 나타났으리라고 본다.

2-2-1. 심리학적 발생설

인간의 내면적 심리 충동이 예술을 탄생하게 했으리라고 보는 학설이다. 모방, 유희, 표현 등의 욕망이 예술 발생의 동기가 되기 때문이다. 모방 본능설은 아리스토텔레스의 견해로 '인간에게는 모방본능이 있고, 모방한 것에서 기쁨을 느끼는 두 본성이 내재하는데 이 두 가지 원인에서 문학이 발생한다'고 했다. 유희 본능설은 칸트의 견해이며 '인간의 본능에 유희 즉 놀이의 본능이 있어, 이 본능이 예술을 낳는다'고 본다. 이밖에도 다윈의 흡인 본능설, 허드슨의 자기표현본능설 등이 있지만 그리 중요하지 않다.

2-2-2. 사회학적 기원설

사회적 삶의 요청 즉 생활의 필요나 실생활과의 관련에서 예술이 발생한 것으로 보는 학설로 프랑스의 귀요, 미국의 산타아나, 독일의 그로세, 헬싱키의 히른 등의 주장이다.

2-2-3. 발라드 댄스설(Ballad Dance)

원시종합예술인 민요무용에서 문학이 발생했다는 몰톤의 학설이다. 민요무용은 운문, 음악의 반주, 무용의 결합으로 자연발생적이며 음주가무, 제천의식 등으로 나타났다.

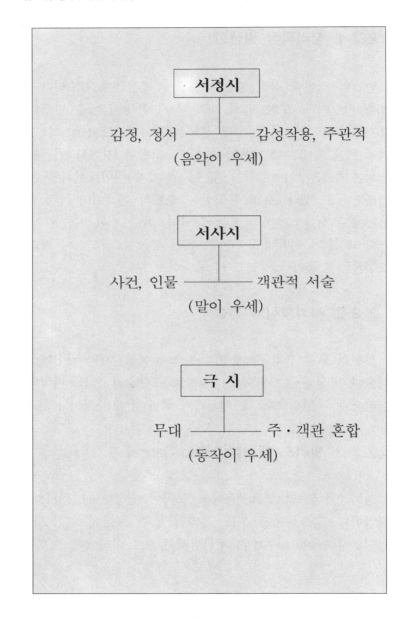

3. 문학의 기능

문학은 인간, 인생을 위한 예술이다. 그러므로 인간의 인식이 전제되기 때문에 기능과 효용, 목적에 관한 견해가 따르게 된다. 문학을 미적구조로 보면 쾌락적 기능이 강조되고 인식구조로 보면 교훈적 기능이 강조된다.

3-1. 쾌락적 기능

문학의 기능을 재미나 쾌락으로 보는 견해이다. 아리스토텔레스가 그의 '시학'에서 '모방이란 즐거운 행위이며 모방을 대하면 실제보다 더 큰 쾌감을 느낀다'고 했다. 전쟁은 위험하고 두려운 상황이지만 그것을 묘사한 작품에서는 아름다움과 즐거움을 찾게되는 이치이다.

3-2. 교훈, 공리적 기능

플라톤의 '공화국'에서 나온 이론으로 문학이 독자에게 이

득을 주고 교훈이 되는 지식을 가르치는 기능이 있어야한다
는 것이다. 문학이 도덕적, 종교적 교훈이나, 정치적 이데올
로기를 가르치면 안 되지만 감동 가운데서 인생의 진리를
깨닫게 해준다면 좋은 기능이라 할 수 있겠다.

Ⅱ. 시론

1. 시의 본질

1-1. 용어

한자어의 詩는 言과 寺 또는 言과 志를 합한 글자이다.
사(寺)는 손을 움직여 일한다는 뜻의 지(持)의 원자이며,
뜻 지(志)는 '어떤 목적을 향해 마음이 나아간다'는 의미가
있다. 결국 손을 움직여 분명한 말(言)로 뜻이 무엇을 향하
여 똑바로 나아가게 한다라는 말은 영어권의 의미인 '창작
과 정신적 활동, 또는 그 방향'과 같다.

· poetry : poiesis(그리스어) -행동과 창작의 의미.
· poet(시인) -만드는 사람, 창작인.
· poem - 구체적 시작품.
· poesy - 시를 만드는 의식적 정신활동.

1-2. 시의 정의

  시가 무엇인가 하는 질문은 인생이 무엇인가 하는 것처럼
어렵다. 인생의 정의가 개인의 인생관이나 체험만큼 다양하
듯 시도 시인의 체험, 개성에 따라 시의 이해가 다르기 때
문에 많은 이견이 있을 수 있다. 그래서 T. S 엘리옷이 시
의 정의의 역사는 오류의 역사라 한 말을 상기할 필요가 있
다. 에이브럼즈는 문학을 네 가지 관점에서 정의하거나 해
석하고 있다.

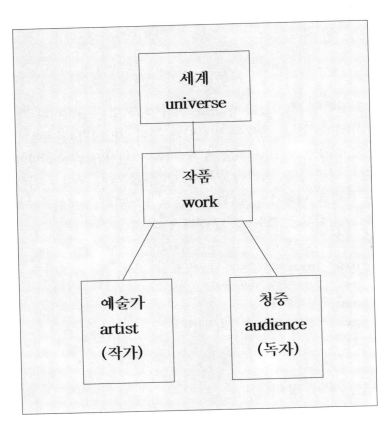

첫째, 시란 우주, 자연, 인생의 모방이라고 보는 모방론적 관점.

둘째, 작품이란 독자에게 교훈적이거나 쾌락적 효용이 있다는 실용론적 관점.

셋째, 작가의 내면적인 정신, 영혼, 심리, 또는 상징이나 정서의 외면적 표현이라는 점.

넷째, 작품을 외부적 요소와 독립시켜 그 작품 자체만의 객관적 존재로 논의하는 존재론적 관점.

이상 네 가지 관점에서 총체적으로 파악하는 것이 시의 본질에 대한 오늘 날의 바람직한 분석방법으로 평가되고 있다.

시란 무엇인가를 다양한 이론을 통해 요약해보면 '자신의 감정세계를 절제된 언어로 표현한 작품'이라고 할 수 있다. 아름다운 감동의 세계, 내면의 목소리, 음악적 언어, 정서와 상상의 표현, 삶의 압축 등을 개성 있게 표현하는 장르가 시인 것은 분명하다.

2. 시의 유형

2-1. 외적 형식

　구조적 개념으로 운율(리듬)을 의미하는 외적 형식은 크게 정형시, 자유시, 산문시로 나눈다.

2-1-1. 정형시

　　동짓달 기나긴 밤을 한 허리를 베어내어
　　춘풍 이불 아래 서리서리 넣었다가
　　어른님 오시는 밤이어든 구비구비 펴리라

──────── 황진이 지음

　대표적으로 시조를 꼽을 수 있다. 고려말부터 발달한 시가의 한 형식으로 초장, 중장, 종장의 3장으로 구성되고 각 장은 4구(句) 넉 자씩 12구로 이뤄지는데 다음과 같이 자수를 넘나들 수 있다.

　　· 초장　　3(4)　　4　　3(4)　　4
　　· 중장　　3(4)　　4　　3(4)　　4
　　· 종장　　3　　5(7)　　4　　　3

편 당 45자 안팎을 쓰도록 해야 하며 종장의 첫 구의 글
자수 3자는 반드시 지켜야 한다. 오늘날 시조작품은 제약을
벗어나 반정형(半定型)시를 쓰고 있다. 자수율의 융통성이라
고 해야 할 것이다.

저 소리 분명
새 봄이 성큼 다가서는 소리①

꽃망울이 터지는
바로 그 소리②

상긋이
떨리는 자락
뜨락으로 겨웁다.③

──────── 柳聖圭 <저 소리>

① 초장 3, 2, 5, 6
② 중장 4, 3, 2, 3
③ 종장 3, 5, 4, 3

2-1-2. 자유시

자수, 구, 행, 연의 제약이 없고 시인이 자유롭게 쓰는 시
이다. 자수율에서 벗어난 시로 우리의 한국 자유시는 서양
의 현대시(프랑스의 상징주의, 영국과 독일 등의 낭만주의)
형식을 배워 구사하게 되었다. 주요한의 <불놀이>가 '창조'
에 발표되면서 자유시 시대가 되었다.

아아, 날이 저문다. 서편 하늘에, 외로운 강물 위에, 스러져 가는 분홍빛 놀…… 아아, 해가 저물면, 해가 저물면, 날마다 살구나무 그늘에 혼자 우는 밤이 또 오건마는, 오늘은 4월이라 파일 날, 큰길을 물밀어 가는 사람 소리는 듣기만 하여도 흥성스러운 것을, 왜 나만 혼자 가슴에 눈물을 참을 수 없는고?

아아, 춤을 춘다, 춤을 춘다, 시뻘건 불덩이가, 춤을 춘다. 잠잠한 성문(城門) 위에서 내려다보니, 물 냄새, 모래 냄새, 밤을 깨물고 하늘을 깨무는 횃불이 그래도 무엇이 부족하여 제 몸까지 물고 뜯을 때, 혼자서 어두운 가슴 품은 젊은 사람은 과거의 퍼런 꿈을 찬 강물 위에 내던지나 무정(無情)한 물결이 그 그림자를 멈출 리가 있으랴? 아아, 꺾어서 시들지 않는 꽃도 없건마는, 가신임 생각에 살아도 죽은 이 마음이야, 에라, 모르겠다, 저 불길로 이 가슴 태워버릴까, 이 설움 살라 버릴까, 어제도 아픈 발 끌면서 무덤에 가 보았더니, 겨울에는 말랐던 꽃이 어느덧 피었더라마는, 사랑의 봄은 또다시 안 돌아오는가, 차라리 속 시원히 오늘 밤 이 물 속에 …… 그러면 행여나 불쌍히 여겨 줄 이나 있을까 …… 할 적에 '퉁, 탕', 불티를 날리면서 튀어나는 매화포. 펄떡 정신을 차리니, 우구구 떠드는 구경꾼의 소리가 저를 비웃는 듯, 꾸짖는 듯. 아아, 좀더 강렬한 열정에 살고 싶다. 저기 저 횃불처럼 엉기는 연기, 숨막히는 불꽃의 고통 속에서라도 더욱 뜨거운 삶 살고 싶다고 뜻밖에 가슴 두근거리는 것은 나의 마음……

4월 달 따스한 바람이 강을 넘으면, 청류벽(淸流碧), 모란봉(牡丹峰) 높은 언덕 위에 허어옇게 흐늑이는 사람 떼, 바람이 와서 불 적마다 불빛에 물든 물결이 미친 웃음을 웃으니, 겁 많은 물고기는 모래 밑에 들어박히고, 물결치는 뱃속에는 졸음 오는 '리듬'의 형상(形像)이 오락가락 어른거리는 그림자, 일어나는 웃음소리, 달아 논 등불 밑에서 목청껏 길게 빼는 어린 기생의 노래, 뜻밖에 정욕(情慾)을 이끄는 불 구경도 인제는 겹고, 한 잔 한 잔 또 한잔 끝없는 술도 인제는 싫어, 지저분한 배 밑창에 맥없이 누우면, 까닭 모르는 눈물은 눈을 데우며, 간단(間斷) 없는 장고 소리에 겨운 남자들은, 때때로 부리는 욕심에 못 견디어 번득이는 눈으로 뱃가에 뛰어나가면, 뒤에 남은 죽어 가는 촛불은 우그러진 치마깃 위에 조을 때, 뜻 있는 듯이 찌걱거리는 배젓개 소리는 더욱 가슴을 누른다 ……

아아, 강물이 웃는다, 웃는다, 괴상한 웃음이다, 차디찬 강물이 껌껌한 하늘을 보고 웃는 웃음이다. 아아, 배가 올라온다, 배가 오른다, 바람이 불 적마다 슬프게 슬프게 삐걱거리는 배가 오른다 ……

저어라, 배를, 멀리서 잠자는 능라도(綾羅島)까지, 물살 빠른 대동강을 저어 오르라. 거기 너의 애인이 맨발로 서서 기다리는 언덕으로, 곧추 너의 뱃머리를 돌리라. 물결 끝에서 일어나는 추운 바람도 무엇이리오, 괴이(怪異)한 웃음 소리도 무엇이리오, 사랑 잃은 청년의 어두운 가슴 속도 너에게야 무엇이리오, 그림자 없이는 '밝음'도 있을 수 없는 것을 오오, 다만 네 확실한 오늘을 놓치지 말라.

오오, 사르라, 사르라! 오늘 밤! 너의 빨간 횃불을, 빨간 입술을, 눈동자를, 또한 너의 빨간 눈물을 ……

──────── 주요한 <불놀이>

2-1-3. 산문시

시적인 내용을 산문으로 표현한 시를 일컫는다. 시인의 시정신을 산문의 형식으로 쓰는 것이지만 산문의 문장과 구분된다. 형태상의 압축이나 응결(凝結)이 반드시 있어야 한다.

벌판한복판에꽃나무하나가있소. 근처에는꽃나무가하나도없소. 꽃나무
는제가생각하는꽃나무를열심으로생각하는것처럼열심으로꽃을피워가
지고섰소. 꽃나무는제가생각하는꽃나무에게갈수없소. 나는막달아났소.
한꽃나무를 위하여그러는것처럼나는참그런이상스러운흉내를내었소.

―――――― 이상 <꽃나무> 전문

2-2. 내적 형식

의미나 내용의 측면에 따라 분류되는 구분으로 서정시,
서사시, 극시로 구분된다.

2-2-1. 서정시

음악성, 정서성, 주관성이 강조되는 시이며 우리가 말하는
보편적인 자유시는 서정시의 준말이다. 그리스어 lyricos, 라
틴어 lyricus에서 나온 말로 라이어(lura)에 맞춰 부르는 노
래를 뜻한다. 서양에서는 오우드ode(그리스, 신과 영웅 찬
양) 소네트sonnet(14행 시, 소곡) 엘레지elegy(애도시) 패스
토럴pastoral(목가牧歌) 등의 장르로 발전했다.

2-2-2. 서사시

이야기(사건)중심이며 객관적이고, 비범하고 광대한 전개

가 특징이다. 서사시를 뜻하는 epic은 그리스어 epos에서 나왔는데 이야기, 말을 뜻한다. 단테의 신곡, 밀톤의 실낙원 등이 이에 속한다. 우리나라에서는 김동환의 <국경의 밤>, 김용호의 <남해찬가>, 신동엽의 <금강>등을 들 수 있다.

2-2-3. 극시

희곡의 내용을 운문으로 표현한 시를 말한다. 무대공간, 극적행동, 대사가 있는 연극적인 시로 주객관 혼합시의 성격을 갖는다. 극시는 극적으로 표현한 시일뿐, 시적으로 표현한 희곡인 시극과는 다르다.

3. 시의 요소

3-1. 시어

3-1-1. 시는 언어의 예술이며 언어기호의 체계다.

모든 예술은 반드시 그 무엇인가를 표현한다. 그 표현을 위해 사용되는 재료, 즉 표현매재의 차이에 따라 예술의 장르가 구분된다. 시는 언어를 매재로 사용하며 언어를 다루는 기술이 만들어내는 표현물이다. 따라서 시인은 언어의 직공이라고도 불리는데 그러자면 자기가 다루는 재료의 성질을 잘 알고 있어야 한다.

언어란 의사전달과 개념지시라는 목적을 달성하기 위한 수단적 성격을 가지고 있다. 내용(의미)과 형식(소리)의 구조를 가지고 있으며 이것을 결합하여 구체화된 기호로 나타낸 것이 언어이다. 이것이 일차언어이며 일상언어가 된다. 일상언어는 사전적 의미를 갖게 되는데 보통 산문의 언어를 뜻한다.

3-1-2. 시의 언어와 산문의 언어

언어의 내용과 형식적 측면에 대해 알아보았는데 산문에서의 기능은 단순히 의미를 전달하면 되는 단순기능을 갖고 있는 반면 시에서는 의미를 새롭게 하는 창조적 기능이 있다. 산문적 기능을 기성품에 비유한다면 시적 기능은 신작 발표회의 작품으로 볼 수 있다. 예를 들어 알아보자. 산(山)의 사전적 의미는 '평지보다 썩 높이 솟아있는 땅덩이'이다. 그러나 '그 사람은 커다란 산이다.'라고 했을 때 '산'의 의미는 인격이 되고 '가도 가도 산이다.'라고 한다면 '산'은 장벽이 된다. '산'이라는 언어가 사전적 의미를 벗어나 재해석될 때 창조적 의미가 되고 문학적 의미가 되며 시인에 의해서 일상성을 넘어 의미가 창조적으로 재해석될 때 시의 언어가 되는 것이다.

> 이상하게도 내가 사는 데서는
> 새벽녘이면 산들이
> 학처럼 날개를 쭉 펴고 날아 와서는
> 종일토록 먹지도 않고 말도 않고 엎뎃다가는
> 해질 무렵이면 기러기처럼 날아서
> 들만 남겨 놓고 먼 산속으로 간다
>
> ———— 김광섭 <산> 일부분

언어의 형식적 측면인 소리에 대해서 살펴보자. 소리는 언제나 청각 영상으로 나타나며 언어적 효과로는 새로운 리듬(음악적 효과)을 탄생시킨다. 예술장르에서 소리를 기술적으로 가장 잘 다루어낸 분야가 음악이며, 문학에서는 음절 수를 일정하게 맞춰나가는 시의 음수율(3·4, 4·4, 7·5조

등의 자수율)이 대표적이며 이는 산문과 시를 구분하는 중
요한 요건이 된다. 동음반복으로 리듬을 살린 이정진의 아
래 시 조작품이 좋은 본보기이다.

> 매아미 맵다 울고 쓰르라미 쓰다 우네
> 산채를 맵다는가 박주를 쓰다는가
> 우리는 초야에 묻혔으니 맵고 쓴 줄 몰라라

현대시에서도 음악적 효과는 매우 중요하다. 음악성은 일
단 의미와는 별개의 편의적 조치이지만 '존재의 의미'를 새
롭게 조명하는 음악적 장치는 완전한 언어구사를 요구하는
시를 위해 반드시 필요하며 시인에게는 완전한 언어구사가
거의 절대적으로 요구된다. 그러나 완전한 언어구사를 위해
별도의 문학적 언어를 만들거나 찾아낼 필요는 없다.

> 새악시 볼에 떠오는 부끄럼같이
> 시의 가슴을 살포시 적시는 물결같이
> 보드레한 에메랄드 얇게 흐르는
> 실비단 하늘을 바라보고 싶다
>
> ──────── 김영랑 <돌담에 속삭이는 햇발>

> 가갸 거겨
> 고교 구규
> 그기 가
>
> 라랴 러려
> 로료 루류

르리 라

———————— 한하운 <개구리>

'에'소리 겹침의 효과로 단단한 보석이 부드러운 느낌을
얻고, 한글의 '가', '라'줄 자모음만으로도 훌륭한 개구리 울
음을 창조해내는 것을 눈여겨보자. 시의 언어는 그 시대의
언어를 쓰며 1차 언어(자연언어)를 기초로 한다. 다만 2차적
모델링이 필요하며 지시적, 과학적 기능의 산문언어를 정서
적, 환기적 기능으로 바꾸는 노력이 필요하다.

■ 연구과제 · 1

1. 시 <산>과 <개구리>를 읽고 사전적 의미와 문학적 의
   미의 차이를 말하시오.
2. 일상어와 다르게 쓰이는 시어 스무 개를 고르시오.
3. 음악성이 시에서 어떻게 작용하는지 말하시오.

※ 해설

1. 사전에서는 산을 '평지보다 썩 높이 솟아 있는 땅덩이'라고 정의한다.
지시기능, 외연기능의 언어는 정의와 설명, 해석을 하지만 시의 언어는
함축적 기능, 즉 내포적 기능이 있어 사전적 의미에서 벗어날 수 있으며
재해석이나 창조적 해석이 가능하다. 김광섭의 <산>에서 산(山)이 학과
기러기처럼 날고 움직일 수 있는 것이 재해석, 또는 창조적 해석의 결과
이다.

2. 생략.

3. 언어의 구조가 형식(소리)과 내용(뜻)으로 되어 있다. 소리의 기능을
살리는 것은 언어의 완성을 이루는 것이다. 시에서 소리기능은 음악성을
획득, 산문과 구별의 요건이 된다. 소리는 언어의 반복이나 배열을 통해
리듬(rhythm) 얻는데 주로 '존재의 의미'를 재조명하는데 쓰인다. 예를 들
면 한글 '가', '라'줄 자모음의 배열만으로 훌륭한 개구리소리를 만들어낸
한하운의 시가 좋은 보기가 된다.

「가갸 거겨/고교 구규/그기가//라랴 러려/로료 루류/르리라」

3-1-3. 표현과 설명

예술은 표현매재를 다루는 기술이라고 했다. 따라서 시는 당연히 언어가 표현매재이며 사물을 설명하는 것이 아니라 표현한다. 표현하는 문학이기에 산문문학과 구분된다.

▲ 고흐의 자화상

고흐의 자화상 가운데 우리에게 낯익은, 귀에 붕대가 감긴 작품이 있다. 단순히 작품만 보고는 주인공의 일생, 환경

등을 알 도리가 없다. 다만 주인공의 표정으로 미루어 우울
함, 불안함과 고독감, 절망감 등이 감상자에 따라 다르게 나
타날 뿐이다. 이름, 나이, 주소 등의 신상명세는 어디에도
없다.

　인간(감상자)에게는 자연 또는 사물의 의미를 해석해내는
능력이 있다. 그 의미 해석의 다양성 또는 다의성이 감상자
(독자)의 몫이기 때문에 작품에는 설명을 최대한 억제하고
무엇인가를 그냥 보여주겠다는 태도를 견지한다. 이것이 바
로 표현이다. 엘리어트는 이를 가리켜 '객관적 상관물 제시'
라고 했다. '슬픔'에 대해 이러저러해서 슬프다고 말하는 것
은 설명에 지나지 않는다. 나무에 매달린 한 두잎의 낙엽을
제시하는 것만으로 족하다는 말과 같다.

　　슬픔의 모든 사연에는
　　빈 문간과 단풍나무 잎사귀를

　　연애에는
　　기울어진 풀잎과 바다 위 두 개의 불빛을

　　시는 의미할 것이 아니라
　　존재해야 한다

　　　　　　　───── 맥크리쉬 〈작시법〉

■ 연구과제 · 2

1. 표현과 설명의 차이를 말하시오.
2. 고흐의 그림을 보고 느낀 점을 시의 형식으로 써보시오.
3. 바람, 노란 은행잎, 눈물, 사랑하는 이, 내일이란 낱말로 5 연 내외의 시를 쓰시오.

※ 해설

1. 표현은 대상(사물)을 보고 느낀 감상이나, 느낌을 통해 나타나는 모양이나 형상을 일컫는다. 정의나 해석을 가하지 않으며, 있는 그대로를 감각적으로 보여준다. 한편의 그림이 사진과 다르듯이 시에서의 표현도 '언어로 그리는 그림'이 된다. 객관적 상관물 제시, 비유와 이미지를 통해 표현을 하게 된다. 반면에 지시하고 정의를 내리는 기능인 설명은 사전적, 과학적, 산문적이다.

3-2. 운율(Rhythm)

운율이라 함은 운(rhyme韻)과 율(meter律)을 말한다.

운이란 韻字의 규칙적 사용(같은 소리의 반복), 즉 압운을 말하며 율은 음절수(音節數)의 규칙적 사용(고저, 장단, 강약)을 말하는데 우리 시에서는 운(韻)이 거의 없고 율조(律調)만 있다. 그러나 시의 음성적 형식, 음악적 특성을 말할 때 운율, 운율적 언어라는 용어를 쓰며 리듬(Rhythm)으로 대체되기도 한다. 스타퍼(D. Stauffer)는 리듬을 정의하기를 '알맞게 발견할 수 있는 어떤 패턴의 크든 작든 규칙적인 순환(regular recurrence)'이라고 했고 I. A. 리쳐즈는 리듬의 필수 조건으로 '주기성'을 꼽았다. 자연현상에서의 주기적 반복, 인체의 호흡과 박동, 말의 어조 등에서 알 수 있듯이 운율은 시간적으로 규칙적 반복에 의해서 얻을 수 있다는 말이다.

3-2-1. 리듬

'사람은 자연을 보호하고, 자연은 사람을 보호한다'라는 문장은 산문이며 '사람은 자연보호, 자연은 사람보호'라는 음절수를 갖추면 운문(3·4·3·4의 반복)이 된다.

산에
산에

피는 꽃은
저만치 혼자서 피어 있네

———————— 김소월 <산유화> 부분

Rhythm은 동일한 성분들의 교체, 반복이며 상이한 요소들이 재현하는 흐름이나 운동이다. 시적 리듬은 음량, 액센트나 강약, 장단 등의 등가적 성분들이 주기적, 규칙적 반복하는 현상이다. 시의 리듬이 자연현상에서 일어나는 리듬과 일치한다는 견해도 있으나 분명한 차이가 있다. 자연 리듬은 기계적, 폐쇄적이다. 그러나 시적 리듬은 상이성 속에서 동질성을 찾거나 차이점 속에서 유사성을 발견할 목적으로 반복한다. 이 리듬은 예술 문화 현상 일반에 고루 나타나며 산문에도 비규칙적, 비구조적으로 나타난다. 리듬이 문학, 특히 시에 작용하게 될 때 소리의 측면만 강조되는 것이 아니라 의미에도 상응하는 변화를 일으킨다. 이것이 음악에서의 리듬과 구별되는 점이다. 리듬이 일정한 틀을 미리 갖추고 있으면 외형율인 정형시이고 그렇지 않으면 내재율을 가진 자유시가 된다.

3-2-2. 율격

인간에게는 언어 이전의 리듬이 있다. 흥겨울 때 박자를 맞춰 손뼉을 치거나 타악기를 두드리는 원초적 리듬 체험을 한다. 이러한 비언어적 리듬이 유절 음성(有節音聲)인 언어와 결합하거나 언어체계의 고유 자질과 특성의 영향을 받아

율동단위나 율격 패턴을 형성하게 된다. 그러므로 율격이란 리듬이 규칙적으로 패턴화 된 것을 말한다. 일반적인 개념의 리듬과 달리 율격은 언어체계 안에서 규칙적이고 체계적이어서 불변성을 가진 시의 리듬이며 시와 산문 구분의 중요한 잣대가 된다. 한국시의 율격 형성단위는 음절, 음보, 행, 연이다.

3-2-2-1. 음수율

소리의 음절수를 맞추는 율격으로 3·4, 3·5, 7·5조 등의 율격을 갖추고 있다.

강나루 건너서
밀밭 길을

구름에 달 가듯이
가는 나그네

길은 외줄기
남도 삼백 리

술 익는 마을마다
타는 저녁놀

구름에 달 가듯이
가는 나그네

——— 박목월 〈나그네〉 전문

산갈대 허옇게
머릴 풀고

바람을 쓸며 섰는
산길을 가네

이승에 겨운 인연
눈짓으로 접어두고

해와 달 닦아내던
구름길 가네

휘어이 휘어이 휘어이

──────── 임노순 <별곡> 전문

위의 두 시는 음수율과 음보율 모두 일정한 규칙을 갖추
고 있어 정형시 같은 느낌을 준다.

<나그네>는 1, 3연을 제외하고는 7·5조의 음수율을 갖
췄으며 1, 3연도 7·5조의 변형으로 정형화의 단조로움을
깨뜨리기 위해 쓰인 것이라고 볼 수 있다. <별곡>도 전통
자수율에 가까운 시다. 죽음과 이별의 허무와 고독감 등이
음률의 리듬을 탈 때 더 효과적으로 미화될 수 있기 때문에
자유시에서도 음수율이 많이 쓰인다.

3-2-2-2. 음보율
박자개념에 의한 율격으로 한 시행을 이루는 음보(foot)의
수에 따라 결정되는 율격이 음보율이다. 음보율은 원래 서

구의 율격 단위였다. 한국시가 오랫동안 음수율에 의한 분
석을 유지해왔지만 고시조에도 300여종의 다양한 음수율이
나타났다. 그래서 서구시 음보율을 적용하기에 이른 것이다.
한국시는 3음보와 4음보가 주류이다. 음보율을 적용하면 산
문시에서도 일정한 율격을 찾을 수 있게 된다.

　　<음보 : 음절이 모여 시행을 이루는 반복의 단위>

강나루/건너서/밀밭 길을 ──────────── 3음보
구름에/달 가듯이/가는 나그네 ─────────── 3음보
길은/외줄기/남도 삼백 리 ───────────── 3음보
술 익는/ 마을마다/타는 저녁놀 ─────────── 3음보
구름에/달 가듯이/가는 나그네 ─────────── 3음보
　　　　　　　　　────── 박목월 <나그네> 전문

산에는/ 꽃피네/ 꽃이 피네 ───────────── 3음보
갈봄/ 여름 없이/ 꽃이 피네 ──────────── 3음보
산에/ 산에/ 피는 꽃은 ───────────── 3음보
저만치/ 혼자서/ 피어 있네 ──────────── 3음보
산에서/ 우는/ 작은 새여 ───────────── 3음보
꽃이 좋아/ 산에서/ 사노라네. ─────────── 3음보
산에는/ 꽃 지네/ 꽃이 지네 ──────────── 3음보
갈 봄/ 여름 없이/ 꽃이 지네. ─────────── 3음보
　　　　　　　　　────── 김소월 <산유화> 전문

내게로/ 오너라. ———————————————— 3음보

어서/ 너는/ 내게로/ 오너라. ——————————— 3음보

불이/ 났다. ———————————————————— 3음보

그리운/ 집들이 타고, ——————————————— 3음보

푸른/ 동산 ————————————————————— 3음보

난만한/ 꽃밭이 타고, ——————————————— 3음보

이웃들은/ 이웃들은 다/쫓기어/ 울며 울며/ 흩어졌다. ——— 3음보

아무도/ 없다. ——————————————————— 3음보

<……2음보의 중첩(4음보의 변형)>

——————— 박두진 <푸른 하늘 아래> 부분

3-2-2-3. 운(압운)

'같은 소리의 반복'인 운이 우리 시에서 아주 쓰이지 않는 것은 아니다. 시행의 첫머리 운을 두운(頭韻), 중간의 요운(腰韻), 끝머리의 각운(脚韻)이라 하며 이 셋을 통틀어 압운이라 한다. 그러나 특별한 경우를 제외하고는 우리 시에서의 압운은 거의 논의하지 않는다.

물구슬의 봄새벽 아득한 길
하늘이며 들 사이에 넓은 숲
젖은 향기 붉웃한 잎 위의 길
실그물의 바람 비쳐 젖은 숲

나는 걸어가노라 이러한 길
밤저녁의 그늘진 그대의 꿈
흔들리는 다리 위 무지개 길
바람조차 가을 봄 걷히는 꿈

——————— 김소월 <꿈길> 전문

3-2-2-4. 행과 연

일반적으로 시에는 행과 연 가름이 되어 있다. 산문시를 비롯하여 일부에서는 무시되고 있기도 하나 행과 연은 통례이다. 먼저 시의 행을 살펴보면 운율과 밀접한 관계가 있다. 물론 의미의 단락이나 이미지와도 관련이 있지만 '운율적으로 짜여 있는 줄'이란 말이 있듯이 정형시인 시조가 3장(초, 중, 종장)의 석 줄이며 초장-3·4·4·3, 중장-3·4·4·3, 종장-3·5·4·3의 음수로 짜여 있다. 이를 음보로 보면 각 장 4음보격이 된다. 우리 민요는 3음보격과 4음보격이 주종이라는 견해인데, 이 가운데 김대행, 오세영은 4음보격은 2음보의 중첩이므로 2음보격이 민요 율격단위의 기본이라는 주장을 펴기도 한다. 어쨌든 행은 운율, 리듬과 깊은 관련이 있다. 이 리듬은 감정과 사상에 밀착되어 있고 리듬은 의미의 변화를 가져다준다. 이러한 시의 행이 모여서 다시 연을 구성한다. 영어로 행은 line, 연을 stanza라 한다. 연은 곧 방을 의미하는 것이다. 시 한편이 집이며 집은 방들로 이뤄진다. 그 방은 행에 해당되는 벽 문 창 등 방 자체를 구성하는 요소가 있고 이들의 유기적 관계에 의해 특색 있는 한 채의 집이 된다.

□ 7·5조의 시

　그립다
　말을 할까

하니 그리워.

그냥 갈까
그래도
다시 더 한번
저 산에도 까마귀, 들에 까마귀
서산에는 해 진다고
지저귑니다.

앞 강물 뒷 강물
흐르는 물은
어서 따라 오라고 따라 가자고
흘러도 연달아 흐릅디다려.

──────── 김소월 <가는 길> 전문

그립다/말을 할까/하니 그리워 ·· 3음보
그냥 갈까/그래도/다시 더 한 번 ·· 3음보

☐ 3음보의 민요

날 좀 보소/날 좀 보소/날 좀 보소
동지섣달/꽃 본 듯이/날 좀 보소

☐ 2음보의 민요

하늘에는/별이 형제
우리 집엔/나와 언니

나무 형제/열매맺고
별 형제는/빛을 내니

■ 연구과제 · 3

1. 운율의 종류를 열거하고 설명하시오.
2. 리듬이 행과 연에 미치는 영향에 대해 말하시오.
3. 우리시의 대표적 음보를 열거하시오.

※ 해설

1. 운과 율

   운(韻)은 같은 소리의 반복인 압운을 말한다. 김소월의 시를 비롯하여 몇몇 시에 나타나고 있지만 대체적으로 한국 현대시에서는 나타나지 않는다.

   율(律)은 음절수의 규칙적인 사용으로 얻는 음악적 효과로 크게 음수율과 음보율로 나눈다.

2. 행을 '운율적으로 짜여진 줄'이라고 말하기도 한다. 연은 행의 작은 모임이다. 모두 음보, 음수, 이미지에 따라 나눠지는데 음보, 음수에 따른 행과 연은 그 자체로 음악성을 획득한다고 볼 수 있다.

3. 3음보와 4음보(2음보 중첩)가 대표적이다.

3-3. 이미지

image는 언어가 상상적으로 환기하는 회화적인 형태, 즉 심상(心象)을 일컫는다. 그래서 C. D.루이스는 '시인의 상상력에 의해 그려진 언어의 그림'이라고 했다. 영국의 비평가 시드니가 이미지를 '말하는 그림'이라고 한 말과 같은 맥락에서 이해된다. 다같이 시의 회화성을 의미한다. imagery란 용어가 이미지와 같이 심상이라고 쓰지만 분명한 차이가 있다. 이미저리는 이미지의 집합체, 이미지군이라고 해야 옳다.

추상적인 것을 구체화할 때 이미지를 쓰게 된다. 가령 어머니와의 헤어짐을 생각해보자. '몸조심해라', '편지 자주 해라' 등의 말씀은 일단 막연하고 추상적이다. 직접경험이나 지각될 수 있는 것들의 일반적 파악일 뿐이다. 그러나 어머니에 관한 시를 쓸 때, 사물의 모든 면과 다른 사물과의 관련 등을 충분히 연구하고 다각적, 종합적인 파악으로 구체화한다면 '말씀'보다는 떠날 때 내 손을 잡아주시던 어머니의 주름진 손, 손등, 눈물을 닦으시던 손수건이 떠오르게 된다. 바로 어머니의 손, 손등, 손수건이 구체적 심상이 된다. 또한 '나는 그대를 사랑합니다.'란 말은 모호하기 그지없다. 이 때의 사랑이란 단어는 추상어이다. 불꽃처럼 뜨거운지 맹물같이 미지근한지 구별되지 않는다.

이때 쓰여질 수 있는 비유 '불꽃처럼' '맹물같이'를 써서 감각적으로 알아볼 수 있게 만드는 것이 구체화이며, 이렇게 대상을 감각적으로 알아볼 수 있게 해주는 말을 구상어

라 한다. 우리의 정신 속에 감각적으로 지각될 수 있는 대
상을 떠올리게 해주는 구상어는 바로 구체적 표현을 가능하
게 하며 이미지와도 일치한다.

> 어떤 놈은 화분에서 흘러내리는 폭포가 되어
> 빛깔의 어기 찬 흐름을 흐르고
> 어떤 놈은 하늘이라도 받들었는가
> 하나의 발족한 소반이 되어 하늘의 이슬을 받고 있다.
> ──────── 박남수 <국화> 부분

위의 시는 '국화야 너는 어이 三月 동풍 다 지나고//落木
寒天에 너 홀로 피었는다//아마도 傲霜孤節은 너뿐인가 하
노라' 하는 이정보의 시조 '국화'에서 나타나는 '국화=절개'
라는 상투적 관념을 벗어나 국화의 종류, 피어있는 모습을
폭포, 소반이라는 구상어를 사용, 구체적으로 알 수 있게 정
확한 표현을 기한 시라 할 수 있다.

> 고래가 이제 횡단한 뒤
> 해협이 천막처럼 퍼덕이오
>
> ……흰 물결 피어오르는 아래로
> 바둑돌 자꾸 자꾸 내려가고,
>
> 은방울 날리듯 떠오르는 바다 종달새……
>
> 한나절 노려보오, 움켜잡아 고 빨간 살 뺏으려고
> ──────── 정지용 <바다·1> 부분

　'고래'는 여객선의 비유, '천막처럼 퍼덕이는 해협'은 여객
선이 지나면서 만들어지는 파도를 나타낸다. 물거품으로 이
는 물결의 물방울은 '바둑돌'과 종달새가 된다. 그리고 피어
오르는 그 물결이 빨간 색의 종달새 살이라고 한다. 상상력
에 의한 사물의 허구적 변용인 언어로 그린 그림이 되고 있
다. 언어로 그린 그림은 설명이 배제된다. 아래의 시는 프랑
스의 유명한 샹송작가 자크 프레베르의 작품인데 이미지만
으로 대상을 표현하여 인생의 축도(縮圖)를 깨닫게 하는 좋
은 본보기이다.

　　　누군가 연 문
　　　누군가 닫은 문
　　　누군가 앉은 의자
　　　누군가 쓰다듬은 고양이
　　　누군가 깨문 과일
　　　누군가 읽은 편지
　　　누군가 넘어뜨린 의자
　　　누군가 연 문
　　　누군가 아직 달리고 있는 길
　　　누군가 건너지르는 숲
　　　누군가 몸을 던지는 강물
　　　누군가 죽은 병원
　　　　　　　———— 자크 플레베르 <메시지> 전문

3-3-1. 이미지의 분류

3-3-1-1. 묘사적 이미지

언어는 소리와 의미 외에 지시 대상이 있다. 의미의 지시 대상뿐만 아니라 감각적 지시대상, 즉 언어 바깥의 사물들과의 관련이 있는 대상이 있다. 언어가 어떤 의미를 전달하는 기호가 아니라 언어 자체를 사물이라고 보면 '사물=이미지', '언어=이미지'라는 등식 성립된다. '얇은 紗 하이얀 고깔은 고이 접어서 나빌네라'(조지훈, <승무> 첫행)라는 구절에서 고깔과 나비는 각기 독자적 이미지가 있다. 어떤 종류나 모양의 고깔과 나비를 설명하려는 의도가 아니라 그 자체가 가지고 있는 이미지를 보여주고 묘사하고 있다. 설명하지 않는 묘사, 묘사를 통한 표현이 곧 묘사적 이미지이다.

해와 하늘빛이
문둥이는 서러워

보리밭에 달뜨면
애기 하나 먹고

꽃처럼 붉은 울음을 밤새 울었다.
──────── 서정주 <문둥이> 전문

강나루 건너서
밀밭 길을

구름에 달 가듯이

가는 나그네

길은 외줄기
남도(南道) 삼백 리

술 익는 마을마다
타는 저녁놀

구름에 달 가듯이
가는 나그네

—————— 박목월 <나그네> 전문

하이얀 모색(暮色) 속에 피어 있는
산협촌(山峽村)의 고독한 그림 속으로
파아란 역등(驛燈)을 단 마차가 한 대 잠기어 가고
바다를 향한 산마루 길에
우두커니 서 있는 전신주 위엔
지나가던 구름이 하나 새빨간 노을에 젖어 있었다.

바람에 불리우는 작은 집들이 창을 내리고
갈대밭에 묻힌 돌다리 아래선
작은 시내가 물방울을 굴리고,

안개 자욱한 화원지(花園地)의 벤취 위엔
한낮에 소녀들이 남기고 간
가벼운 웃음과 시들은 꽃다발이 흩어져 있었다.

외인 묘지(外人墓地)의 어두운 수풀 뒤엔
밤새도록 가느단 별빛이 내리고,

공백(空白)한 하늘에 걸려 있는 촌락의 시계가
여윈 손길을 저어 열 시를 가리키면
날카로운 고탑(古塔)같이 언덕 위에 솟아 있는
퇴색한 성교당(聖敎堂)의 지붕 위에선

분수(噴水)처럼 흩어지는 푸른 종소리.

———————— 김광균 <외인촌> 전문

　　위의 시들에서 나오는 꽃, 나그네, 종소리는 그 자체로 이
미지를 가지고 있다. 어떤 관념에 의한 진술이 아니라 철저
한 이미지詩이다.

흰 달빛
자하문(紫霞門)

달 안개
물 소리

대웅전(大雄殿)
큰 보살

바람 소리
솔 소리

범영루(泛影樓)
뜬 그림자

흐는히
젖는데

흰 달빛
자하문

바람 소리
물 소리

─────── 박목월 <불국사> 전문

위의 시는 묘사적 이미지의 모범이라고 할 수 있다. 6개
의 묘사적 이미지가 나란히 놓여 이미지군을 이루고 있다.
특징은 관념적 서술이 없고 중립적이다. 감정의 개입 없이
객관적으로 묘사하여 그 자체로 존재케 한다. 묘사적 이미
지는 사물시(pysical poetry)로 발전한다.

3-3-1-2. 비유적 이미지(metaphorical image)

비유 언어(직유, 은유, 상징, 등의 비유 구조)의 이미지이
며 일반적으로 이미지라고 하면 비유 언어의 이미지를 말한
다.

은유와 상징을 구별하여 상징적 이미지(symbolic image)
로 분리한다. 그러나 은유는 본의(tenor)와 유의(vehicle)의
연합에 의해 형성되는 구조이고 상징은 본의가 숨고 유의만
드러나는 구조이기 때문에, 구조적인 면에서 은유의 일종이
라 할 수 있다.

골에 하늘이
따로 트이고
폭포 소리 하잔히

봄우뢰를 울다

———————— 정지용 <옥류동> 부분

당신의 불꽃 속으로
나의 눈송이가
뛰어 듭니다

당신의 불꽃은
나의 눈송이를
자취도 없이 품어 줍니다.

———————— 김현승 <절대신앙> 전문

<옥류동>은 객관적, 중립적으로 대상을 묘사하고 있는
묘사이미지의 시이나 <절대신앙>은 당신=불꽃=절대자로,
나=눈송이=신앙인으로 비유된 비유이미지의 시이다.

■ 연구과제 · 4

1. 시에서 이미지를 쓰는 이유를 설명하시오.
2. 묘사적 이미지의 시 5편을 찾아 적으시오.
3. 비유적 이미지의 시 5편을 찾아 적으시오.

※ 해설

1. 시에서 이미지를 쓰는 이유는 구체적인 표현을 위해서이다. 신선하고, 강렬하며, 정서적인 환기력을 갖추기 위한 장치가 이미지 사용이다. 이미지를 사용하면 대상을 감각적으로 구체화된 표현을 얻게 된다.

3-3-2. 이미지의 종류

  이미지는 감각적으로 체험되는 것이다. 그것은 이미지 자체가 사물로서의 감각성을 띠고 있기 때문이다. 그래서 시의 회화성이라고 하면 감각, 특히 시각 이미지를 말한다. 청각 이미지는 소리에 대한 표현이며 이 두 이미지는 예술 표현에 있어 중요한 기능을 감당하고 있다.

  감각기관이 대상을 지각한 결과는 단순한 감각적 자극으로만 그치지 않는다. 감각적 자극은 정신에 전달되어 필연적으로 정신적 반응을 일으키게 된다. 붉은 색이 정신에 전달되면 '투쟁', '정열' 등을 연상하게 되는 것이 정신적 반응이다. 시각이나 청각뿐만 아니라 후각이나 촉각, 미각도 예외가 아니다. 그래서 냄새, 감촉, 맛을 표현한다는 것은 단순한 냄새나 감촉, 맛이 아닌 우리의 정신이 받아들인 결과이다. 다만 다른 예술은 시각과 청각을 표현할 뿐이지만 문학 예술은 후각, 촉각, 미각 등 3가지 감각기관의 지각대상에 표현을 부여한다는 사실이 다르다고 하겠다. 냄새는 후각적 이미지, 감촉은 촉각적 이미지, 맛은 미각적 이미지라 한다.

3-3-2-1. 시각적 이미지

  도끼 날에 찍혀
  푸른 시간들이 떨어진다
  오랜 빛과 어둠이 토막 지고

톱질에 썰려
맥없이 쓰러지는
아름드리 세월

맨살 드러낸 산이 돌아앉아
무섭게 침묵한다

톱질이 멎고
나무들 무성했던 자리에
무너지는 하늘
뚝심 좋은 벌목꾼의 손에 궁글려
토막 난 시간들이 쌓이고,
빛과 어둠은 가려진다

훗날 어느 좋은 자리
대들보나 서까래로 얹혀
또 다른 하늘
받쳐줄 수 있을까,
아프게 장작으로 쪼개져
다 못한 거목의 꿈으로
활활 타올라
언 땅, 언 마음
녹일 수 있을까……

톱질소리에 놀란
유목(幼木)들 곁에서
누렇게 드러난 日月의 밑동만 남아
숲의 역사를 가르치며,
강물이 깊고도 푸르러야 하는
이치를 가르치며

서서히 썩어갈 것이다

햇빛이 쏟아져
발목이 푹푹 빠지는 벌목장에
바람이 들끓는다.

──────── 임노순 <벌목장에서>

　보이지 않는 것, 볼 수 없는 것을 보이게 하는 장치가 시
각적 이미지이다.
　시간 빛 어둠 세월은 시각화하지 않으면 결코 볼 수 없다.
그러나 푸른+시간, 토막+빛 / 어둠, 아름드리+세월이 결합하
여 시각화가 이루어진 것이다.

여자들 중에
내 사랑은 ──────────── 추상
가시나무 가운데
백합화 같구나 ──────── 구상(시각화)

남자들 중에
나의 사랑하는 자는 ──────── 추상
수풀 가운데
사과나무 같구나 ──────── 구상(시각화)

──────── 구약성경 <아가 2:2-3> 부분

　사랑, 특히 내 사랑은 결코 보이지 않는다. 그 자체로는 보여 줄 방법이 없다. 그렇기 때문에 보통은 '많이, 엄청, 무척, 매우' 라는 정도의 부사를 쓰고 있다. 하지만 이미지를 활용하면 문제는 간단해 진다. 보이지 않는 추상어, 관념적인 단어의 구상어, 구체적인 단어에 빗대어 쓰면 되는 것이다. 　사랑=백합화 일 때, 사랑=사과나무 일 때 향기롭고 달콤한 맛을 체험할 수 있게 되는 것이다. 이것이 바로 시각적 이미지이다.

　피아노에 앉은
　여자의 두 손에는
　끊임없이
　열 마리씩
　스무 마리씩
　신선한 물고기가
　튀는 빛의 꼬리를 물고
　쏟아진다.

　나는 바다로 가서

　가장 신나게 시퍼런
　파도의 칼날 하나를
　집어들었다.

―――――― 전봉건<피아노> 전문

　이 시는 표현만 있고 의미의 내용, 설명적 요소가 없다. 피아노 연주의 그 소리는 볼 수 없다. 그러나 물고기, 튀는 빛의 꼬리 등 시각적 언어에 의해 새로운 의미의 창조가 이루어 졌다. 의미에 대한 설명은 시의 관심이나 대상이 아니다.

그것은 사상이나 철학의 문제일 뿐이다. 시의 관심은 표현이며, 표현은 이미지를 통해 사물과 세계에 대한 창조적 인식이 된다.

■ 연구과제 · 5

1.시각이미지를 쓰는 이유는 무엇 때문입니까?
2.시각화가 가져다주는 효과를 설명하시오.
3.시각이미지 시구를 20개 고르시오.

※ 해설 ────────────

1. 시각이미지는 보이지 않는 것을 볼 수 있게 하기 위한 장치이다.
2. 추상적인 관념이 구체적인 감각으로 살아나서 표현의 효과를 높여준다.

3-3-2-2. 청각적 이미지

가위에 잘려나가는 것이
바람만이 아니다
햇빛만도 아니다

뭉텅 뭉텅 잘려나가는
시간이 있다

웃음소리도 잘려 나간다

아이들이 들고 나온
어른들의 세월과,
고물이 되어버린 꿈조차
달디단 엿 맛으로 바뀌면
한 골목의 가위질은 끝난다

동강난 시간들이 팔딱거리는
오후의 골목에
가위소리만 남아
허공을 자르고 있다.

―――――― 임노순 <엿장수> 전문

　소리에 대한 언어표현을 청각적 이미지라고 한다.　낡고
귀에 익은 소리를 쓰는 것이 아니라 창조해야 한다. 위에서
예를 든 시를 살펴보면 '가위소리'로 하여금 '허공을 자르는'
행동을 하게 해서 보이지 않던 소리를 보이는 것으로 창조
했다. 상상의 소리, 창조의 소리가 되는 것이다. 미국의 시

인 '에즈라 파운드'는 '평생 여러 권의 책을 쓰느니보다 하
나의 훌륭한 이미지를 만드는 게 낫다'고 말했다.

참새/쨱쨱, 비둘기/구구구, 꾀꼬리/꾀꼴 꾀꼴 하는 상투적
의성어를 쓸 게 아니라 마음으로 듣는 밝은 귀가 필요하다.

> 북망이래도 금잔디 기름진데 동그란 무덤들 외롭지 않으이.
> 무덤 속 어둠에 하이얀 촉루가 빛나리. 향기로운 주검의 내도 풍기
> 리.
> 살아서 섫던 주검 죽었으매 이내 안 서럽고, 언제 무덤 속 화안히 비
> 춰줄
> 그런 태양만이 그리우리.
> 금잔디 사이 할미꽃도 피었고, 삐이 삐이 배, 뱃종! 뱃종! 멧새들도
> 우는데,
> 봄볕 포근한 무덤에 주검들이 누웠네.
> ──────── 박두진 <묘지송> 전문

> 장독 뒤 울밑에
> 모란꽃 오무는 저녁답
> 목과목(木果木) 새순밭에
> 산그늘이 내려왔다.
> 워어어임아 워어어임
> ──────── 박목월 <산그늘> 1연

산새의 소리를 개성있게 표현한 작품으로 박두진의 '묘지
송'과 토속어의 재현으로 맛을 낸 작품으로 박목월의 '산그
늘'을 꼽을 수 있다. '삐이 삐이 배, 뱃종! 뱃종!'은 지금까지,
적어도 이 시가 발표되기 전까지는 없었던 소리이다. 맑은
멧새소리로 인해 어둡고 암울한 묘지의 노래가 밝고 따뜻해

졌다. '워어어임아 워어어임'은 경상도 지방에서 멀리 있는 송아지를 부르는 소리라고 박목월 시인이 주석했다. 향토적 정서를 노린 작품에서 사투리를 등장시킬 수 있는 것도 청각 이미지를 위한 밝은 귀를 가져야만 가능한 일이다.

> 어느 먼 곳의 그리운 소식이기에
> 이 한밤 소리 없이 흩날리느뇨.
>
> 처마 끝에 호롱불 여위어 가며
> 서글픈 옛 자취인 양 흰 눈이 내려
>
> 하이얀 입김 절로 가슴에 메어
> 마음 허공에 등불을 켜고
> 내 홀로 밤 깊어 뜰에 내리면
>
> 머언 곳에 여인의 옷 벗는 소리.
>
> 희미한 눈발
> 이는 어느 잃어진 추억의 조각이기에
> 싸늘한 추회(追悔) 이리 가쁘게 설레이느뇨.
>
> 한 줄기 빛도 향기도 없이
> 호올로 차단한 의상(衣裳)을 하고
> 흰 눈은 내려 내려서 쌓여
> 내 슬픔 그 위에 고이 서리다
>
> ──────── 김광균 <설야> 전문

한밤중 눈 내리는 소리를 들어보았는가. 실제로는 거의 듣지 못하는 소리를 '먼 곳에 여인의 옷 벗는 소리'로 바꿔

놓으니 정말 기막힌 표현이 되었다. 이 구절은 비유이면서
청각이미지이다. 여인이 옷을 벗을 때 내는 소리는 어떤 것
일까? '사그락사그락' 소리가 나야 하는데 그것이 우리가 요
즘 흔히 입는 옷이 아니라 비단 한복이어야 한다. 잠자리에
들기 전 벗어 내리는 기품 있는 여인의 한복이 빚어내는 소
리를 상상하는 일은 정말 황홀하기까지 하리라. 이 한 줄의
오묘한 소리가 시 전체를 존재하게 한다고 해도 지나치지
않는다.

> 뒤란에 내려앉는 달빛이
> 영혼의 허연 잔뼈로 쌓이고 있다
>
> 기억이 돋아나는 언저리를
> 맴돌며, 어둠을 파헤쳐
> 죽은 세월을 캐는 바람아
>
> 기억의 정수리를 내리쳐
> 쓰러지는 연대(年代)의
> 아픈 목청에서 쏟아지는
> 선사(先史) 言語
>
> 古典을 넘나들며 뽑아내는
> 소리마다 할아버지의 하늘이
> 한 겹씩 내려앉는다
>
> 쌓인 달빛 속에는
> 이승의 허공에 버리고 간
> 日月이 되살아나고,

몇 닢의 녹슨 엽전을 닦으면
끈적끈적 묻어나는 손때,
뼈아픈 당신들의 노동은
우리의 목소리를 푸르게 한다

할아버지의 하늘에서 캐낸 별
속에 구르는 금가락지 매만지며
해묵은 가난을 사려 올리면
허기로 금이 간 항아리에
할머니의 웃음만은 정갈히
담겨 있느니

——————— 임노순 <달빛> 전문

　위의　시도　청각이미지를　활용한　시이다. '선사의　언어',
'고전의 소리', '푸르게 되는 목소리', '할머니의 웃음' 등 6연
중 네 개의 연에서 청각이미지가 쓰였다. 중심소재인 달빛
과 소리는 무관하지만 이미지가 작용하면 깊은 관련을 맺게
된다. 아래의 시 <문둥이>도 '꽃처럼 붉은 울음'이 문둥이
의 서러움을 한껏 더해주는 효과를 얻고 있다.

해와 하늘빛이
문둥이는 서러워

보리밭에 달뜨면
애기 하나 먹고

꽃처럼 붉은 울음을 밤새 울었다.

——————— 서정주 <문둥이> 전문

외롭게 살다 외롭게 죽을
내 영혼의 빈터에
새 날이 와, 새가 울고 꽃잎 필 때는
내가 죽는 날,
그 다음 날.

산다는 것과
아름다운 것과
사랑한다는 것과의 노래가
한창인 때에
나는 도랑과 나뭇가지에 앉은
한 마리 새.

정감에 그득찬 계절,
슬픔과 기쁨의 주일(週日),
알고 모르고 잊고 하는 사이에
새여 너는
낡은 목청을 뽑아라.

살아서
좋은 일도 있었다고
나쁜 일도 있었다고
그렇게 우는 한 마리 새.

———————— 천상병 <새> 전문

　천상병 시인의 대표작 중의 하나로 꼽히는 시 <새> 또한
청각이미지詩이다. 지금 아니면 죽은 다음에라도 '새'가 되
어 자유롭게 날며 삶과, 삶의 아름다움과 사랑을, 그 기쁨과
슬픔을 '새'의 목청으로 말해주고 싶어한다. 이미지를 쓰면

관념이나 사상도 표현으로 바뀌어 '깨달음'을 '생각하게' 하
지 않고 '느끼게' 해주는 효과가 있다.

■ 연구과제 · 6

1. 청각이미지를 쓰는 이유를 설명하시오.
2. 박두진의 <묘지송>과 박목월의 <산그늘>에 나타난
   청각이미지 활용의 차이를 말하시오.
3. 청각이미지 시구 20개를 고르시오.

※ 해설

1. 소리기능의 발달은 완전한 언어를 위해 요구된다. 청각이미지는 상상력의 작용으로 음악적 효과를 높이며 창조적 표현과 완전한 언어 구축을 위해 사용한다.
2. 박두진의 <묘지송>에 등장한 멧새 소리는 상상력에 의한 창조적 소리이고, 박목월의 <산그늘>에 등장하는 송아지 울음은 방언의 활용으로 정서적 환기를 위해 쓰인 소리이다.

3-3-2-3. 후각적 이미지

> 얼결에 여흰 봄 흐르는 마음
> 헛되이 찾으려 허덕이는 날
> 뻘 우에 처얼석 갯물이 놓이듯
> 얼컥 니히는 훗근한 내음

─────── 김영랑 <4행시> 전문

자신의 감정상태를 독자가 볼 수 있게 하기 위해서 감각적으로, 구체적으로 '훗근한 내음'이란 후각 이미지를 쓰고 있다.

구르몽의 시몽 연작 1번의 시도 후각이미지의 좋은 본보기가 되고 있다. '시몽, 너의 머리칼 숲 속에는 커다란 신비가 있다'로 시작되는 이 시는 건초냄새를 비롯한 많은 냄새를 동원하고 있다. 아무런 생각 없이 나열한 게 아니라 머리카락 한 올 한 올을 헤쳐본 결과(관찰, 관심의 결과) 사랑의 신비를 깨달은 것이다. 그 신비를 28가지 '머리칼 냄새'가 풀어주고 있다.

> 시몽, 너의 머리칼 숲 속에는
> 커다란 신비가 있다.
>
> 너는 건초냄새가 난다.
> 너는 짐승이 자고 간 돌냄새가 난다.
> 너는 무두질한 가죽 냄새가 난다.
> 너는 갓 타작한 밀 냄새가 난다.
> 너는 장작냄새가 난다.

너는 아침마다 가져오는 빵 냄새가 난다
너는 무너진 토담에 핀 꽃 냄새가 난다
너는 산딸기냄새가 난다
너는 비에 씻긴 두류냄새가 난다
너는 저녁때 베어들이는 등심초와 양치풀냄새가 난다
너는 호랑가시냄새가 난다
너는 이끼냄새가 난다
너는 생나무울타리 그늘에서 열매맺고 사는 노랑풀냄새가 난다
너는 꿀풀냄새가 난다
너는 나비꽃냄새가 난다
너는 거여목냄새가 난다
너는 우유냄새가 난다
너는 회향풀냄새가 난다
너는 호두냄새가 난다
너는 잘 익어 따낸 과일냄새가 난다
너는 꽃이 만발한 버들과 보리수냄새가 난다
너는 꿀벌냄새가 난다
너는 목장을 헤지를 때의 삶의 냄새가 난다
너는 흙과 시냇물 냄새가 난다.
너는 정사냄새가 난다.
너는 불 냄새가 난다.

시몽, 너의 머리칼 숲 속엔 커다란 신비가 있다.

———————— 구르몽 <시몽·1> 전문

3-3-2-4. 촉각적 이미지

문 열자 선뜻!
먼 산이 이마에 차라.

우수절(雨水節) 들어
바로 초하루 아침,

새삼스레 눈이 덮인 뫼뿌리와
서늘옵고 빛난 이마받이 하다.

얼음 금가고 바람 새로 따르거니
흰 옷고름 절로 향기로워라.

웅숭그리고 살아난 양이
아아 꿈 같기에 설어라.

미나리 파릇한 새 순 돋고
옴짓 아니기던 고기 입이 오물거리는,

꽃 피기 전 철 아닌 눈에
핫옷 벗고 도로 춥고 싶어라.

──────── 정지용 <춘설> 전문

　맑은 공기 속에 산이 가깝게 느껴짐을 촉각적 이미지로
산뜻하고도 신선하게 표현했다. '이마에 차라', '서늘옵고 빛
난 이마받이 하다'는 시인의 촉각적 상상력에서 우러나온
이미지인 것이다.
　다음의 시도 촉각적 이미지가 무엇인가를 명쾌하게 보여

준다.

불타는 입김처럼
부벼대는 가슴처럼
그처럼 너는
나에 가깝다
(어쩌면 내 피부인 것을……)

손가락을 대면
影子가 되고
껴안으면
한 오리 바람결

——————— 송욱 <해인연가·1> 전문

3-3-2-5. 미각적 이미지

돌 틈에서 솟아나는
싸늘한 샘물처럼

눈밭에 고개 드는
새파란 팟종처럼

그렇게
맑게,

또한 그렇게
매웁게

——————— 허영자 <무제·1> 전문

삶이란 무엇인가, 어떻게 살아야 하는가에 대한 대답은 언제나 막연하다. 그러나 '눈밭에 고개 드는 /새파란 팟종'의 매운 맛으로 장황한 설명 대신 명료한 표현으로 대신했다. 어떤 웅변보다도 생생하고 실감나지 않는가? 이렇게 이미지가 기여하는 힘은 실로 대단한 것이다.

메밀묵이 먹고 싶다
그 싱겁고도 구수하고
못나고도 소박하게 점잖은
촌 잔칫날 팔모상에 올라
새 사돈을 대접하는 것
그것은 저문 봄날 해질 무렵에
허전한 마음이
마음을 달래는
쓸쓸한 식욕이 꿈꾸는 음식

──────── 박목월 <적막한 식욕> 부분

중심소재인 메밀묵 자체가 미각적 이미지를 이루고 있다. 겉보기는 메밀묵의 맛을 풀이하고 있는 듯하지만 인생의 유한성에 대한 성찰을 내포하고 있다. 관념적인 개인의 사상이나 철학이 '맛'의 이미지를 통해 구체화 될 수 있다는 좋은 본보기의 시이다.

■ 연구과제 · 7

1.시의 이미지와 다른 예술이미지의 차이를 말하시오.
2.후각이미지 시구 5개를 고르시오
3.촉각이미지 시구 5개를 고르시오
4.미각이미지 시구 5개를 고르시오

※ 해설

1. 시각이미지와 청각이미지는 미술, 음악, 무용의 장르에서도 활용된다.
그러나 후각, 미각, 촉각이미지는 다른 장르에 없고 언어를 매개로 하는
시(문학)에서만 가능하다.

3-3-2-6. 기관감각적 이미지

내부감각적 이미지라고도 하는데 일종의 심리적 형상을 말한다. 신체 바깥 부분에 드러나 있는 5관에 의한 지각과는 다르기 때문에, 기관이라고 할 때 내부기관을 일컫는다.

> 뱃속에 사막 하나 들어앉아 있다
> 시초는 어느 날의 조그만 속 쓰림
> ─위궤양입니다.
> 온 천만에,
> 끝없는 공복입니다.

──────── 이형기 <오진> 부분

‘뱃속에……’, ‘속 쓰림’, ‘공복’ 등은 심리적인 느낌이다.

> 사향(麝香) 박하(薄荷)의 뒤안길이다.
> 아름다운 배암…….
> 얼마나 커다란 슬픔으로 태어났기에, 저리도 징그러운 몸뚱아리냐
>
> 꽃대님 같다.
>
> 너의 할아버지가 이브를 꼬여내던 달변(達辯)의 혓바닥이
> 소리 잃은 채 날름거리는 붉은 아가리로
> 푸른 하늘이다…… 물어뜯어라, 원통히 물어뜯어,
>
> 달아나거라, 저놈의 대가리!

돌팔매를 쏘면서, 쏘면서, 사향 방초(芳草)길
저놈의 뒤를 따르는 것은
우리 할아버지의 아내가 이브라서 그러는 게 아니라
석유 먹은 듯…… 석유 먹은 듯…… 가쁜 숨결이야.

바늘에 꼬여 두를까보다. 꽃대님보다도 아름다운 빛……

클레오파트라의 피 먹은 양 붉게 타오르는
고운 입술이다……스며라, 배암!

우리 순네는 스물 난 색시, 고양이같이 고운 입술……
스며라, 배암!

석유 먹은 듯……석유 먹은 듯……가쁜 숨결이야
──────── 서정주 <화사> 전문

　위의 시에 나오는 '석유 먹은 듯……석유 먹은 듯……가
쁜 숨결이야'란 시구는 얼핏 보기에 미각적일 것 같지만 먹
는다는 행위가 아니라, 먹은 다음에 오는 심리적 반응을 중
시한 것이다. 메스껍다, 속이 느글거리다, 답답하다는 느낌
은 심리적 현상이다.

3-3-2-7. 공감각적 이미지

　어떤 종류의 감각적 지각을 다른 종류의 감각적 지각으로
바꾸어 놓는 것을 말한다. 예를 들면 귀로 듣기만 할뿐인
소리를 눈으로 볼 수도 있게 만드는 것이다(시각의 청각화).
두 개 이상의 감각기관이 공동으로 작용하기 때문에 공감각
적 이미지라 부른다. 아래의 시는 '당신'이 봉함우편으로, 점

심때의 배고픔으로, 괄호로, 곪은 상처로 변화한다. 시각과
기관감각이 공동작용을 보인다.

> 당신은 말이지요, 뜯고싶은 봉함우편이라구요
> 늦은 점심상처럼 배고프다가 나를 묶은 괄호이다가
> 마침표였다가 쉼표였다가
> 저번에 땡볕 같은 막소주에 무척 취해선
> 환한 것들 뒤에서 빈 꽃대 막 쓰러지대요
> 인제 다 끝이다 싶어 잘 곪은 당신을
> 힘껏 짜버렸지요. 그 후로 당신은 나의 상처였어요
>
> 당신을 폭음하고 돌아온 날은
> 붉게붉게 새살이 돋아나서
> 그대가 가렵게 돋아나서
>
> ─────── 임송자 〈나는 그를 뜯고 싶다〉 전문

　아래 시의 중심 소재는 탑이다. 달빛에 비춰지는 탑이 '물
에서 갓 나온 여인'으로 비유되었다. 시각의 대상인 달빛의
속성이 사물을 젖게 하는 물의 속성, 촉각의 대상으로 바뀌
었다. 또한 '온몸에 흐르는 윤기'가 '상긋한 풀냄새'로 바뀔
수 있는 것도 공감각적 이미지의 작용이다. 즉 시각의 후각
화이다.

> 물에서 갓 나온 여인이
> 옷 입기 전 한 때를 잠깐
> 돌아선 모습
>
> 달빛에 젖는 塔이여!

온몸에 흐르는 윤기는
싱긋한 풀내음새라
검푸른 숲 그림자가 흔들릴 때면
머리채는 부드러운 어깨 위에 흔들린다.

———————— 조지훈 <餘韻> 부분

■ 연구과제 · 8

1. 기관감각적 이미지란 무엇입니까?
2. 공감각적 이미지란 무엇입니까?
3. 기관감각적 이미지 시구를 2개 고르시오.
4. 공감각적 이미지 시구를 2개 고르시오.

※ 해설 ─────────

1. 내부감각이라고도 하는 기관감각은 주로 심리적 현상(아프다, 배고프다, 느글거린다 등)을 말한다. 심리적 상태를 다룬 이미지가 기관감각이미지이다.

2. 어떤 감각적 지각이 다른 감각적 지각으로 바뀐 상태나 두 개 이상의 감각이미지가 함께 작용하는 것을 공감각이미지라 한다.(청각의 시각화, 미각의 시각화 등)

4. 비유와 상징

4-1. 비유의 방법

4-1-1. 비유의 발생

비유의 배후에는 그 비유를 발생하게 하는 사회의 상황이 맥락으로 존재한다. 즉 자연, 사회의 관습, 풍속, 사고방식 등의 관계가 비유적 질서를 이루고 있다. 까마귀(역신이나 악인), 백로(충신이나 선인), 소나무(절개) 등은 정치 질서와 관계되는 비유이다. 음식을 탐하는 사람을 돼지, 게으르고 미련한 사람을 곰이라 부르는 것은 사회적 관습과의 관계이다.

비유는 현실이라는 규제와 한계를 뛰어 넘으려는 성질이 있으며, 인간의 표현의욕과 사물에 대한 인식이 강렬할 때 탄생한다. 비유는 만들어지는 것이며 날카로운 직관력, 풍부한 상상력, 창조적 재능의 발휘에 의해서만 가능하다고 할 수 있으므로 비유를 능수 능란하게 만들 줄 아는 시인이야말로 새로운 의미, 새로운 세계의 진정한 창조자가 되는 것이다.

4-1-2. 비유의 원리

비유란 비교에 의한 사물의 이해 방식이다. 즉 A(여인)라는 대상을 B(장미꽃)라는 사물과 비교해서 'A는 B 같다' 또는 'A는 B이다' 라고 이해하는 것을 말한다. '그 여인은 장미꽃 같다.' 또는 '그녀는 장미꽃이다.'라고 하여 아름다움을 구체적으로 이해할 수 있게 하는 것이다. 여인과 장미는 별개의 대상이나 '아름다움'이라는 유사성이 있다. 결국 비유는 별개의 대상에서 유사성을 찾는, 이질성 속에서 동질성을 찾아내는 작업이라고 할 수 있다. 이런 비유에는 직유, 은유, 제유, 환유, 의인법 등이 있다.

4-1-2-1. 직유

비교되는 두 개의 사물, 원관념(tenor)-T와 보조관념(vehicle)-V가 '처럼' '같이' '인양' '보다' 등의 관계사에 의해 결합되는 비유.

*유사성의 유추에 특별한 노력이 필요치 않는, 습관화되어 있는 비유는 죽은 비유(dead metaphor)라고 한다. (상투어이기 때문이다) 목석 같은 사내, 앵도 같은 입술, 쟁반같이 둥근 달 등이 좋은 예이다.

봄이 혈관 속에 시내처럼 흘러 ①
돌, 돌, 차가운 언덕에
개나리, 진달래, 노오란 배추꽃,

삼동을 참아온 나는

풀 포기처럼 피어난다 ②

———————— 윤동주 <봄> 부분

순이 벌레 우는 고풍(古風)한 뜰에
달빛이 조수처럼 밀려왔구나! ③

달은 나의 뜰에 고요히 앉았다.
달은 과일보다 향그럽다 ④

동해 바닷물처럼
푸른
가을
밤 ⑤

포도는 달빛이 스며 고웁다.
포도는 달빛을 머금고 익는다.

순이 포도 넝쿨 밑에 어린 잎새들이
달빛에 젖어 호젓하구나.

———————— 장만영 <달, 포도, 잎사귀> 전문

위의 시를 중심으로 비유의 구조를 자세히 살펴보자.

①번은 본의(T)인 '봄'과 유의(V) '시내'가 관계사 '처럼'을
매개로 하여 이루어진 비유이다. '봄이란 사계절 가운데 하
나로……'하는 식의 뜻풀이가 아니라 문학, 특히 시에서는 봄
에 대한 느낌과, 그 봄에 화자 자신이 어떤 상태에 있는가
하는 '인식상태'가 중요하다. 그래서 '봄=흐르는 시내'라는
새로운 인식을 구체적으로 하게되는 것이다.

②번이 바로 화자 자신의 상태에 대한 독창적인 인식이다. 아무리 힘들고 어려운 지경에 처했다고 하더라도 좌절하지 않는, 극복과 불굴의 정신을 풀포기에 비유했다.

③번은 달빛이 비춰지는 모습이 조수의 흐름에 비교되어 있다. ④번은 달이 '향그럽다.'라고 하여 후각화를 이루는 과정에서 과일에 비교되었으며, ⑤번은 가을밤이 바닷물에 비교되어 푸른색을 부여했다. 이 시의 중심소재는 '어느 달이 밝은 가을 밤'이다. 이런 밤의 경험은 누구나 갖고 있다. 그러나 대상(가을밤)의 시적 인식과 표현에 있어서 그 밤의 상태를 구체적으로 나타내는 것은 매우 어렵다. 이것을 극복하는 방법을 장만영 시인이 모범적으로 제시했다고 봐도 좋다.

　문) 가을밤의 상태가 어떤가?
　답) 달빛이 조수처럼 밀려 왔고,
　　　과일보다 향기로운 달이 뜰에 내려앉은 밤,
　　　밤은 동해 바닷물처럼 맑고 푸르다.

직유법은 대상의 감춰진 의미를 구체적으로 드러낼 때 효과적이다. 그러나 이질적인 사물의 무리한 결합 즉 폭력적 결합에는 문제가 있다. 특히 상상력을 최대의 무기로 삼는 초현실주의자들이 과격한 직유를 즐겨 쓴다. '나는 어떤 묘비에 다가선다. 그것은 구름보다 투명하고 우유처럼 하얗게 석탄처럼 하얗게……' 도무지 말이 되지 않을 정도의 이런 직유는 공감을 얻기 힘들만큼 과격하다. 거리조절이 잘된 직유가 좋은 직유이다.

■ 연구과제 · 9

1.비유를 쓰는 이유는 무엇입니까?
2.비유의 종류를 말하고 차이를 설명하시오.
3.직유의 방법을 시구를 인용해 설명하시오

※ 해설

1. 비유는 비교에 의한 사물의 인식방법이다. 새로운 의미창조를 위해 쓰는 이미지를 효과적으로 드러내기 위해 유사성, 비교성, 대조성을 내세워 쓰는 용법이다.

2. 대표적으로 직유, 은유, 의인법이 있다.

①직유법 : 표현하고자 하는 대상(T)에 다른 대상(V)을 끌어다 'V 같은 T'의 형태로 직접 비교하는 방법이다.

「봄이 혈관 속에 시내처럼 흘러」 윤동주 <봄> 첫연

표현하고자 하는 대상(T) : 봄

비교되는 대상(V) : 시내

②은유법 : 표현하고자 하는 대상(T)과 비교되는 대상(V)이 등가(等價)로 작용한다. 'T는 V이다'의 형태로 나타난다 .이때 T가 V로 바뀌면서 원래의 관념까지 상호작용에 의해 변질되어 새로운 의미가 탄생한다.

「구름은/보랏빛 색지 위에/마구 칠한 한 다발의 장미」 김광균 <뎃상 2> 부분

표현하고자 하는 대상(T) : 구름

비교되는 대상(V) : 장미

③의인법 ; 표현대상에게 인간적 속성을 부여하는 것, 사물의 인간화를 말한다.

「밤엔 나무도 잠이 든다./잠든 나무의 고른 숨결소리/자거라 자거라 하고 자장가를 부른다.」 이형기 <돌베게의 시> 부분

4-1-2-2. 은유
-은유는 언어를 창조한다.

홍윤기 시인은 자신의 저서 '시창작'에서 "현대시는 메타포(metaphor)에 의해서 그 생명력을 발휘한다고 본다."면서 은유의 중요성을 강조했다. 직유는 현대시에서 한 박자 뒤처지는 비유라고 하면서 가급적 사용을 하지 말 것을 권유하고 "오늘의 시는 은유에 의해서만 새로운 시의 탄생을 가능케 한다."면서 은유에 시의 사활을 걸고 있다. (물론 직유에 관한 견해에는 문제가 있다. 의미의 변화가 언어의 창조라고 본다면 직유도 훌륭한 창조적 기능이 있고 앞으로도 계속 쓰일 것이기 때문이다.)

은유의 구조는 직유와 마찬가지로 T(취지, 대의, 원관념)과 V(vehicle전달, 매개물, 수단, 보조관념)의 형태이다. 그러나 직유의 관계조사가 없어진다.

$$\square + \bigcirc = \boxed{0}$$
$$\text{T} \quad \text{V}$$

그림에서처럼 T와 V가 직접 결합하는 것이 직유와 다르다. 그러나 직유에서 단순히 '처럼, 듯이, 같이'등의 관계조사를 뺀다면 은유가 되는 것은 아니다. 정한모 시인은 '현대시론'에서 네모꼴과 동그라미꼴이 합쳐져 새로운 그림을 만들어낸 것이 은유라고 했다. 상호 침투에 의해 모습이 바뀌는 의미론적 변화를 가져온다는 뜻이다.

'T는 V와 같다'는 설명적 보완이 아니라 합리성을 초월하여 "T는 V다"라는 직관적 사고를 하게된다. 예를 들어보기로 하자.

이 재만 넘으면
아버지, 흙 베고
누우신 고향

고개를 바라보는 데
저 꼭대기
소나무 가지에
풍선이 하나 걸렸다

아, 유치원 소풍날
날려보낸,
아버지가 사주신
하얀 그 풍선

나뭇가지를 벗어나
나를 따라오더니
고향마을
밤하늘까지 따라 오더니
아버지 누우신 산봉우리에 걸렸다.
――――――― 임노순 <고향길> 전문

위의 시에서 풍선은 현재가 아니라 까마득한 옛날의 것이다. 기억 속에만 있다. 현재 밤하늘에 떠오른 것은 달이다. 달의 자리에 풍선을 얹어 놓음으로서 고향은 그리운 곳, 추

억이 있는 곳임을 상기시켜 주고 있다. 이 시의 화자는 직
관에 의해 달을 어릴 때 날려보낸 풍선이라고 재해석했다.

아침 햇살에
바다는 온통 코스모스 꽃밭이다
달려도
달려도
꽃비 내리는 벌판

바람이 흔들고
구름이 손짓해도
웃기만 한다
대지를 어루만지며
구만리 하늘마저 품어버린
당신의 사랑처럼 너그러운 바다

개벽의 아침부터
열두 겹 치마폭에 어두움 가리우고
역사의 포말을 빗질하며
칠보단장한 신부야
라일락 향기처럼 달콤한 체취,
한결같이 시퍼런
태고의 숨결

멀리 하늘에 깃폭을 세우고
어부는 투망을 한다
용꿈을 꾸고 있는 바다
그 깊은 가슴에 투망을 한다

그물에 걸린 싱싱한 바다
바구니에 넘치는 아침바다

——————— 홍문표 <아침바다> 전문

　바다를 코스모스가 만개한 꽃밭으로 비유했다. 은유가 가
져다주는 새로운 의미, 그 창조성을 발견할 수 있는 좋은
예이다. 그러나 아무리 좋은 은유라 하더라도 두 번 쓰면
죽은 비유가 되고 만다.　이미지즘 운동의 창시자인 T. E
Hulme(흄)은 '은유는 계속해서 수명이 다해서 죽어간다. 쓸
모 없는 시인은 자기도 모르게 죽어가거나 죽은 은유를 사
용하지만 훌륭한 시인은 끊임없이 새로운 은유를 창조한다.'
고 했다.

　　하루가 천근의 추를 달고
　　가라앉는다

　　빗발이 무수한 투석전을
　　벌이는 바다

　　비에 쫓긴 오후 네 시의 태양은
　　어디 쯤에 있을까

　　손 흔들며 흔들며
　　작별하는 바람

　　어제가 한 다발 꽃으로 살아나는
　　생의 변방에 배는 닿았다.
　　　　　　　——————— 홍윤숙 <생의 변방에서> 전문

　각 연이 모두 은유로 이루어진 시이다. 눈여겨보아야 할

대목은 2연이다. 빗발이 투석전을 벌이려면 작은 빗방울들을 돌멩이로 해석해야 한다. 논리가 아닌 상상적 유추에 의한 새로운 인식으로 독창적 언어를 창조해 낸 좋은 본보기이다.

　그러나 상상력은 인간의 현실적 경험을 재료(토대)로 하여 재구성했을 때만 가치가 있다는 점에 유의해야 한다. 이형기 시인은 '현대시 창작교실'에서 '은유를 만들 때의 직관과 그것을 해석하는 상상적 유추도 현실적 경험의 초현실적 재구성이라는 원칙을 벗어날 수 없다.'고 했다. 쉬운 이해보다 신선한 충격을 위해 은유를 쓰는데 때로는 충격, 그 자체에 의도적으로 비중을 두는 시도 있다.

　　사랑하는 나의 하나님, 당신은
　　늙은 비애(悲哀)다.
　　푸줏간에 걸린 커다란 살점이다.
　　시인(詩人) 릴케가 만난
　　슬라브 여자(女子)의 마음 속에 갈앉은
　　놋쇠 항아리다.
　　손바닥에 못을 박아 죽일 수도 없고 죽지도 않는
　　사랑하는 나의 하나님, 당신은 또
　　대낮에도 옷을 벗는 여리디 여린
　　순결(純潔)이다.
　　삼월(三月)에
　　젊은 느릅나무 잎새에서 이는
　　연두빛 바람이다.
　　　　──────── 김춘수〈나의 하나님〉 전문

하나님(T)은 V인 '비애' '살점' '항아리'로 해석되고 있으
나 그 충격이 지나치게 크다. 이런 경우를 '폭력적 결합'이
라고 한다. 은유는 전적으로 시인의 자유로운 상상적 활동
이기 때문에 강제적이지만 언어의 지나친 폭력과 강제는 제
고되어야 한다.

■ 연구과제 · 10

1.'현대시는 메타포다'라고 하는 이유를 말하시오.
2.은유의 방법을 설명하시오.
3.은유를 쓴 시구 20개 고르시오.

※ 해설

1. 통상적인 의미를 벗어나 새로운 의미를 창조하는 것이 시가 추구하는 역할이다. 있는 그대로의 일상적, 산문적 표현은 시와 산문의 경계를 무너뜨린다. 시를 가장 시답게 존재하게 하는 것이 시인의 의무이자 임무이다. 그래서 표현의 새로움을 위해 메타포(metaphor)를 잘 활용해야 한다.

2. 은유법 : 표현하고자 하는 대상(T)과 비교되는 대상(V)이 등가(等價)로 나타낸다. 즉 'T는 V이다'의 형태로 만든다 .이때 T가 V로 바뀌면서 원래의 관념까지 상호작용에 의해 변질되어 새로운 의미가 탄생하도록 한다.

　　「구름은/보랏빛 색지 위에/마구 칠한 한 다발의 장미」 김광균 <
　　　뎃상 2> 부분
　　표현하고자 하는 대상(T) : 구름
　　비교되는 대상(V) : 장미

4-1-2-3. 의인법

의인법이란 사물에다가 인간적 속성을 부여하는 것, 즉 사물의 인간화를 말한다. 의인법의도 T와 V의 구조를 가지고 있기 때문에 은유의 일종이다.

사물을 시적으로 이해하는 가장 기본적인 방법이라고 할 수 있는 의인법은 현대시의 거의 모든 작품에 사용되고 있다.

과학은 사실만을 추구하고 규명하기 때문에 '물'은 산소와 수소가 1:2의 비율로 화합한 물질이라는 규정은 불변이다. 그렇지만 시에 있어서 물은 스스로 사고하는 인간의 속성을 부여받아 놀랍게 변모한다.

> 땅에 배를 붙이고 낮은 곳으로 기어가는 물은 눈이 없다. 그것은 순리 (順理). 채우면 넘쳐흐르고 차면 기우는 물의 진로. 눈이 없는 투명한 물의 머리는 온통 눈이다.
> ─────── 박목월 <비유의 물> 부분

이 얼마나 새롭고 신선한 물인가? 비록 육체적 갈증은 씻어주지 못하더라도 새로운 경험의 세계로 우리를 이끌어 정서를 환기시켜 주고 있다. 결국 의인법은 대상이 어떠하든, 무엇이든 상관없이 마음을 주고받는 것이며 그만큼 세계를 넓고 깊게 이해할 수 있다.

> 창유리에 등을 비비는 노오란 안개
> 창유리에 주둥이를 비비는 노오란 연기
> ─────── T. S 엘리어트 <J. A. 프루프록의 연가> 부분

밤엔 나무도 잠이 든다.
잠든 나무의 고른 숨결소리
자거라 자거라 하고 자장가를 부른다.

———————— 이형기 <돌베개의 시> 부분

　안개와 연기에다 마음을 불어 넣어주면 새처럼 등을 비비
고 주둥이를 부비게 되는(감정의 오류 또는 이입 현상)것이
며, 나무도 사람의 지각을 닮게 된다.

어딜 가서 까맣게 소식을 끊고 지내다가도
내가 오래 시달리던 일손을 떼고 마악 안도의 숨을 돌리려고 할 때면
그때 자네는 어김없이 나를 찾아오네.

자네는 언제나 우울한 방문객
어두운 음계(音階)를 밟으며 불길한 그림자를 이끌고 오지만
자네는 나의 오랜 친구이기에 나는 자네를
잊어버리고 있었던 그 동안을 뉘우치게 되네.

자네는 나에게 휴식을 권하고 생(生)의 외경(畏敬)을 가르치네.
그러나 자네가 내 귀에 속삭이는 것은 마냥 허무
나는 지그시 눈을 감고, 자네의
그 나직하고 무거운 음성을 듣는 것이 더없이 흐뭇하네.

내 뜨거운 이마를 짚어 주는 자네의 손은 내 손보다 뜨겁네.
자네 여윈 이마의 주름살은 내 이마보다도 눈물겨웁네.
나는 자네에게서 젊은 날의 초췌한 내 모습을 보고
좀더 성실하게, 성실하게 하던
그 날의 메아리를 듣는 것일세.

생에의 집착과 미련은 없어도 이 생은 그지없이 아름답고
지옥의 형벌이야 있다손 치더라도
죽는 것 그다지 두렵지 않노라면
자네는 몹시 화를 내었지.

자네는 나의 정다운 벗, 그리고 내가 공경하는 친구
자네는 무슨 일을 해도 나는 노하지 않네.
그렇지만 자네는 좀 이상한 성밀세.
언짢은 표정이나 서운한 말, 뜻이 서로 맞지 않을 때는
자네는 몇 날 몇 달을 쉬지 않고 나를 설복(說服)하려 들다가도
내가 가슴을 헤치고 자네에게 경도(傾倒)하면
그때사 자네는 나를 뿌리치고 떠나가네.

잘 가게 이 친구
생각 내키거든 언제든지 찾아 주게나.
차를 끓여 마시며 우린 다시 인생을 얘기해 보세그려.
———————— 조지훈 <병에게> 전문

인간과 적대관계에 있는 병(病)이 친구가 되고, 스승이 될
수 있는 차원 높은 작품이다. 고정관념을 깬, 의미를 새롭게
조명한 표현이 놀랍다.

아침이면
눈을 부라리고 꽈리를 부는
짐승이 있다.
(생략)

지루한 속앓이를 외색(外色) 못하는 진종일
부신 가루를 회수해다

환약을 빚고 나면 저녁이다.

장엄하게 투약을 받아먹고는
잠이 드는
짐승이 있다.

———— 김광림 <산·Ⅳ > 부분

꽈리 부는 짐승 ; 해가 막 솟은 산
저녁 해 ; 환약
약 먹고 잠드는 짐승 ; 어둠에 묻히는 산

산이 새롭게 표현된 이 시도 의인법의 일종이다. 무생물
에 생명을 부여하는 것을 포함한다. 꼭 사람처럼 행동하거
나 사고하지 않더라도 의인법의 범주에 두는 것이다.

내가 죽으면 한 개 바위가 되리라
아예 애련 (愛憐)에 물들지 않고
희로 (喜怒)에 움직이지 않고
비와 바람에 깎이는 대로
억 년(億年) 비정(非情)의 함묵(緘默)에
안으로 안으로만 채찍질하여
드디어 생명도 망각(忘却)하고
흐르는 구름
머언 원뢰(遠雷).
꿈꾸어도 노래하지 않고
두 쪽으로 깨뜨려져도
소리하지 않는 바위가 되리라.

———— 유치환 <바위> 전문

　이 시는 생명을 오히려 사물화 했다. 이를 의물법이라고
도 하고 결정법이라고도 한다. 의인법의 일종으로 돈호법이
있다. 이는 '산아' '바위여' '바다여' '사랑아'라며 마치 알아듣
기라도 하는 것처럼 불러보는 어법을 말한다.

　산아. 우뚝 솟은 푸른 산아. 철철철 흐르듯 짙푸른 산아. 숱한 나무들,
무성히 우거진 산마루에, 금빛 기름진 햇살은 내려오고, 둥둥 산을
넘어, 흰구름 건넌 자리 씻기는 하늘. 사슴도 안 오고 바람도 안 불
고, 넘엇골 골기 울어 오는 뻐꾸기......

　산아, 푸른 산아. 네 가슴 향기로운 풀밭에 엎드리면, 나는 가슴이
울어라. 흐르는 골짜기 스머드는 물소리에, 내가 줄줄줄 가슴이 울어
라. 아득히 가버린 것 잊어버린 하늘과, 아른아른 오지 않는 보고
싶은 하늘에, 어쩌면 만나도 질 볼이 고운 사람이, 난 혼자 그리워라.
가슴으로 그리워라.

　띠끌 부는 세상에도 벌레 같은 세상에도 눈 맑은 가슴 맑은, 보고지
운 나의 사람. 달밤이나 새벽녘, 홀로 서서 눈물 어릴 볼이 고운 나
릐 사람. 달 가고 밤 가고, 눈물도 가고, 티어 올 밝은 하늘 빛난 아
침 이르면, 향기로운 이슬밭 푸른 언덕을, 총총총 달려도 와줄 볼이
고운 나의 사람.

　푸른 산 한나절 구름은 가고, 골 넘어, 골 넘어, 뻐꾸기는 우는 데,
눈에 어려 흘러가는 물결 같은 사람 속, 아우성쳐 흘러가는 물결 같
은 사람 속에, 난 그리노라. 너만 그리노라. 혼자서 철도 없이 난 너
만 그리노라.

──────── 박두진 <청산도> 전문

하이얀 달밤에
하이얀 저승새가 되어
찔레담장을 넘는
사랑아,
찔레담장을 넘으며
찔레가시에 찔려
아픈 사랑아

──────── 김여정 <찔레꽃 사랑> 부분

■ 연구과제 · 11

1. 의인법과 의물법의 차이를 말하시오.
2. 시에서 의인법을 왜 쓰는지 설명하시오.
3. 의인법을 쓴 시구 10개를 고르시오.

※ 해설

1. 의인법은 사물의 인격화이며 의물법은 인격의 사물화이다.

　　의인법 : 「아침이면/눈을 부라리고 꽈리를 부는/짐승이 있다.」 김광림
　　<산> 부분

　　의물법 : 「내가 죽으면 한 개의 바위가 되리라/ -중략-/두 쪽으로 깨
　　뜨려져도/소리하지 않는 바위가 되리라」 유치환 <바위> 부분

2. 표현 대상에 인간의 속성을 부여함으로써 세계와 나의 단절을 극복하
고 연속성 동질성을 획득하기 위한 태도에서 쓰이는 비유적 표현법의 일
종이다.

5. 상징과 알레고리

시의 유일한 표현매제인 언어 자체가 상징이다. 소나무, 달이라는 말은 그 자체가 산에 있는 소나무나 하늘에 떠 있는 달이 아니라 상징일 뿐이다. 넓은 의미로 상징이란 어떤 사물이 다른 것을 대신하는 것을 이르는 말이다. 그러나 상징과 상징대상이 인위적 약속으로 일대일의 관계가 되는 것은 기호라고 해서 상징에서 제외된다. 또한 상징과 대상의 관련성이 추리적으로 설명이 가능해야 한다. 신호등의 빨간 불과 소나무를 비교해보자. 빨간 불이 켜지면 왜 멈춰야 하는지 설명되지 않고 그냥 서라고 약속된 기호이다. 그러나 소나무가 지조 절개를 상징할 땐 일대일의 약속된 기호가 아니며 사철 푸른 소나무의 속성과 절개의 관계를 설명할 수 있게 된다. 상징도 일종의 은유이며 눈에 보이는 현실의 사물(V)을 통해 보이지 않는 초현실의 세계(T)를 표현한다. 아래의 시를 읽어보자.

찔레꽃 하얗게 몸서리
몸서리친다.

벌떼들 달려들어 창날 번득이는 한낮
더는 한 발짝도 다가설 수없이,
독기 오른

수없이 엉킨 뿌리들이 잎잎이 떠받친
너 無等의, 산 하나

가슴 후려치며, 벼락치며
오월의 하늘을 짙푸르게 얼리고 있다.

――――――― 류제희 <무등에게> 전문

<무등에게>는 단순한 산행기를 적고 있는 것이 아니다.
無等은 광주, 오월의 역사성을 상징한다. 역사성에 비껴난
자들의 가슴 후려치며, 벼락치며 오월의 하늘조차 얼려놓는
無等을 보여준다.

조병화의 <의자>도 상징시이다. 기성세대와 새로운 세대
간의 변화 과정, 시간의 흐름에 순응하는 자세를 그렸다. 상
징은 시의 암시적 효과를 높이는 데 가장 좋은 표현방법이
다.

지금 어드메 쯤
아침을 몰고 오는 분이 계시옵니다.
그분을 위하여
묵은 의자를 비워드리지요

지금 어드메쯤
아침을 몰고 오는 어린 분이 계시옵니다.
그분을 위하여
묵은 의자를 비워드리겠어요

먼 옛날 어느 분이
내게 물려주듯이

지금 어드메쯤
아침을 몰고 오는 어린 분이 계시옵니다.
그분을 위하여
묵은 의자를 비워드리겠습니다.

──────── 조병화 <의자> 전문

　알레고리는 상징과 성격, 형태가 비슷한 은유인데 다만
상징이 다의성을 갖는데 반해서 단순성, 일대일의 세계를
지시하는 점에서 차이를 보인다. 또한 교훈적 내용 표현에
많이 쓰이며 寓諭, 諷諭라고 번역된다. 다음의 시가 왜 알레
고리 시인가 하는 질문의 해답은 도덕성에 있다. 알맹이와
껍데기의 구분을 통해 동학과 4·19 정신을 지닌 자와 위배
된 자를 가려내고자 한다.

껍데기는 가라.
4월도 알맹이만 남고
껍데기는 가라.

껍데기는 가라.
동학년 곰나루의, 그 아우성만 살고
껍데기는 가라.

그리하여, 다시
껍데기는 가라.
이곳에선, 두 가슴과 그곳까지 내논
아사달 아사녀가
중립의 초례청 앞에 서서

부끄럼 빛내며
맞절할지니

껍데기는 가라.
한라에서 백두까지
향그러운 흙가슴만 남고
그, 모오든 쇠붙이는 가라.
—————— 신동엽 <껍데기는 가라> 전문

■ 연구과제 · 12

1.상징이란 무엇인가 말하시오.
2.상징과 알레고리의 차이는 무엇인지 말하시오.
3.상징, 알레고리 시구 각 5개씩 고르시오.

※ 해설

1. 현상계와 다른 영역의 이해를 전제로 하며, 어떤 사물이 또 다른 영역의 의미를 암시하거나 환기시켜 주는 것을 말한다 .웹스터사전은 '상징은 관련이나 연상이나 관례 또는 의도적이 아닌 우연적 유사성에 의해 다른 무엇을 대신하거나 암시하는 그 무엇'이라고 정의한다. 다음 시에서 뱀은 구약성경 창세기편의 선악과를 따먹도록 인간을 유혹한 종교적 상징이면서도 매혹적 아름다움을 상징하는 이중적 구조를 갖고 있다.

「사향(麝香) 박하(薄荷)의 뒤안길이다./아름다운 배암……/얼마나 커다란 슬픔으로 태어났기에, 저리도 징그러운 몸뚱아리냐//꽃대님 같다.//너의 할아버지가 이브를 꼬여내던 달변(達辯)의 혓바닥이/소리 잃은 채 날름거리는 붉은 아가리로/푸른 하늘이다…… 물어 뜯어라, 원통히 물어 뜯어,」 서정주 <화사> 부분.

2. 상징은 감상자가 다양한 해석을 내릴 수 있는, 일대다(一對多)의 다의성을 갖는데 반해 寓諭, 諷諭로 번역되는 알레고리는 교훈적 내용 표현에 주로 쓰이며 단순성의 일대일(一對一)의 세계를 지시한다.

6. 아이러니와 패러독스

아이러니의 어원은 그리스어 eironeia에 두고 있다. 고대 희랍인(그리스인)들은 희곡에서 에이로네이아를 바탕으로 하여, 겉으로 드러난 힘은 약하지만 영리한 에이론(eiron)이라는 인간상을 만들고, 힘이 세고 거만하지만 지적으로는 우둔한 아라존(alazon)이라는 대조적 인물과 짝지웠다. 표면적으로는 에이론이 아라존에게 당하지만 지는 척(시침을 뗀다)하면서 영리한 꾀로 강자 아라존의 허점을 찔러 그를 거꾸러뜨린다.

反語法에 해당하는 아이러니는 겉으로는 태연하게 시침을 떼고 있으면서 반전을 노리는 기법으로 진술 자체에 전혀 모순이 없다. 그러나 逆說이라 불리는 패러독스는 진술 자체에 모순이 드러난다.

> 한 줄의 시는커녕
> 단 한 권의 소설도 읽은 바 없이
> 그는 한평생을 행복하게 살며
> 많은 돈을 벌었고
> 높은 자리에 올라
> 이처럼 훌륭한 비석을 남겼다.
> 그리고 어느 유명한 문인이
> 그를 기리는 묘비명을 여기에 썼다
> 비록 이 세상이 잿더미가 된다 해도

불의 뜨거움 굳굳이 견디며
이 묘비는 살아남아
귀중한 사료(史料)가 될 것이니
역사는 도대체 무엇을 기록하며
시인은 어디에 무덤을 남길 것이냐

———————— 김광규 <묘비명> 전문

남들은 자유를 사랑한다지마는, 나는 복종을 좋아하여요.
자유를 모르는 것은 아니지만, 당신에게는 복종만 하고 싶어요.
복종하고 싶은데 복종하는 것은 아름다운 자유보다도 달콤합니다.
그것이 나의 행복입니다.

그러나, 당신이 나더러 다른 사람을 복종하라면, 그것만은 복종할 수
가 없습니다.
다른 사람을 복종하려면 당신에게 복종할 수 없는 까닭입니다.

-한용운 <복종> 전문

  <묘비명>은 진술에 전혀 무리가 없다 그러나 겉으로 드
러난 뜻과 속뜻은 상충한다. 속물적 졸부의 무가치한 삶을
통해 세태를 풍자한다. 반면에 <복종>은 '복종하고 싶은데
복종하는 것은 아름다운 자유보다도 달콤하다'는 표면구조
의 모순을 보이고 있다. 한국 시에서 한용운이 역설을 가장
즐겨 썼으며 소월의 먼 후일, 진달래꽃 등에도 나타난다.

  먼 훗날 당신이 찾으시면
  그때에 내 말이 잊었노라

  당신이 속으로 나무라면

무척 그리다가 잊었노라

그래도 당신이 나무라면
믿기지 않아서 잊었노라

오늘도 어제도 아니 잊고
먼 훗날 그때에 잊었노라

───────── 김소월 <먼 후일> 전문

■ 연구과제 · 13

1.아이러니와 패러독스의 차이를 말하시오.
2.아이러니 시구를 5개 고르시오.
3.패러독스 시구를 5개 고르시오.

※ 해설 ————————————————

1. 반어법이라 번역되는 아이러니는 겉으로는 태연한 척 시침을 때면서 마침내 반전을 노리는 기법으로 진술에 모순이 없다. 역설이라고 하는 패러독스는 진술 자체에 모순이 드러나 있다.

아이러니 시
「한 줄의 시는커녕/단 한 권의 소설도 읽은 바 없이/그는 한평생을 행복하게 살며/많은 돈을 벌었고/높은 자리에 올라/이처럼 훌륭한 비석을 남겼다」 김광규 <묘비명> 부분

패러독스 시
「오늘도 어제도 아니 잊고/먼 훗날 그때에 잊었노라」 김소월
<먼 후일> 마지막 연

Ⅲ. 시 창작론

1. 시와 감정표현

시의 뜻은 서정에 있다. 우리가 시라고 하는 말은 서정시의 준말이며 서정은 감정의 표현을 뜻한다.

> 나를 버리고 가시는 님은
> 십 리도 못 가서 발병 난다.

아리랑은 떠나는 사람에 대한 야속한 감정의 표현이다. 야속함, 사랑, 슬픔 등으로 구체화된 감정을 정서라고 한다. 감정은 인간의식의 한 양상이다. 사물에 대한 감정반응을 일으킬 수 있는 능력인 감성과 사물을 논리적으로 사유할 수 있는 이성을 갖추고 있는 것이 인간의 의식이다. 그래서 감성을 통해 느끼고 이성을 통해 생각한다. 이성은 분석적이고 객관적 이해의 세계이다. 그래서 다른 사람의 전적 동의를 얻는 보편성이 있다. 예를 들어 '물'이라고 하면 '두개의 수소와 하나의 산소가 결합하여 이루어진 물질'이라고 이해하게 된다. 이성적 이해는 한 사회를 지탱시켜주고 공

동생활을 가능하게 한다. 그래서 특히 현대에 들어 감성보
다 이성을 중시하는 풍조가 생겼다. 그러나 인간의 개성, 개
별성을 생각할 때 인간을 가장 인간적이게 하는 감성을 무
시할 수 없다. 감성이 이성과 대별되는 능력이 아니라 이성
도 포괄하는 종합능력임을 알아야 한다. 인간의 자란 환경,
교육, 읽은 책, 만난 사람, 현재의 정신적 육체적 조건 등
살아오는 동안에 축적된 경험들이 감정 속에 용해되어 있으
며 이러한 경험의 총체가 하나의 육체를 빌어 구체적 인격
을 이루게 된 것이 바로 인간이다. 그러므로 감정이란 그
사람의 인간적 조건 전부를 반영하는 종합적 표현이다. 시
가 바로 인간의 감정을 주로 표현하며 사물과 세계를 가장
인간적인 눈으로 조명하고 이해한 결과물이 시라고 할 수
있다.

2. 감수성 기르기

2-1. 동심적 발상

시가 감정의 표현이기는 하나, 우리에게 우러난 감정 그 자체만으로는 시가 되지 않는다. 한 편의 시는 의도적인 표현행위에 의해 탄생한다. 이 의도는 강요에 의해서가 아닌 자발적 의사에 의한 충동이며, 가장 인상적인 느낌이다. 인간의 삶이 곧 수많은 느낌을 쌓아 가는 과정이며 그 느낌을 통해 사고가 형성된다. 그러나 느낌이 다 인상적으로 마음에 새겨지는 게 아니라 대부분 순간적으로 사라진다. 그러나 평소와 다른 특별한 일, 극적인 사건은 강한 충격과 함께 마음에 뚜렷이 새겨진다. 시를 쓰는 사람에게는 바로 이러한 특별한 일과 극적인 사건의 경험이 풍부해야 한다. 그 방법이 남들과 다른 충격을 경험하는 것, 즉 감수성을 기르는 훈련을 하는 것이다.

감수성을 기르는 첫걸음이 동심적 발상이다. 자신이 접하는 사물, 어떤 자연 현상을 상식이나 고정관념으로 받아들려서는 안 된다. 난생 처음 대하는 태도, 신기하고 신선하게 느끼는 태도를 갖도록 노력하는 것이 시를 쓰려는 사람에게 매우 중요하다.

오리 모가지는
호수를 감는다.

오리 모가지는
자꾸 간지러워

——————— 정지용 <호수 · 2> 전문

이 시가 좋은 시의 표본은 아니라도 동심적 발상의 표본
으로는 눈여겨봐도 좋은 시이다. 연못이나 호수에서 흔히
보는 오리 떼의 모습이지만 대부분 오리가 놀고 있거나 목
욕을 하는 정도로 생각하고 만다. 그러나 상식을 깨고 직관
을 해보면 마치 오리 모가지가 실꾸리나 실패로 느낄 수 있
는 것이다. 그래서 그 넓은 호수를 다 감으려고 목을 쉴새
없이 돌려대는 오리를 보았다. 오리가 무턱대고 호수를 감
는 게 아니다. 분명한 이유가 있어야 한다. 목이 '자꾸 간지
러워' 아예 호수를 목으로 감아버리려는 것으로 본 시인의
눈은 동심의 눈이다.

나의 귀는 소라껍질
바다 물결소리를 그리워한다

——————— J. 콕토 <귀> 전문

장 콕토의 유명한 2행시는 천진무구한 동심적 발상법의
대표시라고 해도 좋은 작품으로 꼽힌다. 어떤 대상에 대한
느낌을 망설임 없이 표현하는 자세가 동심적 자세이다. 귀
가 소라껍질을 닮았다고 인식했을 때를 놓치지 않아야 하며

소라껍질과 닮은 것으로 인식된 귀가 바다 물결소리를 그리워하게 되는 것도 동심적 발상이다.

2-2. 낯설게 하기

　동심적 발상의 궁극적 목표는 낯설음에 있다. 신기함과 신선함은 고정관념과 상식의 틀을 깰 수 있으며, 새로운 인식이 의미를 재창조한다. 설명이 아닌 표현을 얻는 시의 창작의 기본적 요구가 낯설게 하기일 수도 있다.
　상식과 고정관념을 깨는 것이란 다르게 말하면 현실적 이해(利害)를 초월한 의식(意識)으로 사물을 관조할 때 얻게 되는 느낌을 말하는데 폴 발레리(Paul Valery)는 이를 '우주적 감각'이라고 했다.

> 나는 나룻배
> 당신은 행인
> 당신은 흙발로 나를 짓밟습니다.
> 나는 당신을 안고 물을 건너갑니다.
> 나는 당신을 안으면 깊으나 옅으나 급한 여울이나 건너갑니다.
>
> 만일 당신이 아니 오시면 나는 바람을 쐬고 눈비를 맞으며 밤에서 낮까지 당신을 기다리고 있습니다.
> 당신은 물만 건너면 나를 돌아보지도 않고 가십니다 그려.
> 그러나 당신이 언제든지 오실 줄만은 알아요.

나는 당신을 기다리면서 날마다 날마다 낡아 갑니다.

나는 나룻배
당신은 행인

──────── 한용운 <나룻배와 행인> 전문

이 시는 동심적 발상의 차원을 넘어 어떤 심오한 사상을
담고 있다. '나는 나룻배'에서 사람과 나룻배는 외형이나 내
형에서 동심적인 시각의 어떤 유사성도 발견해낼 수 없다.
그러나 사람을 나룻배로 비유하고 나면 행인(行人), 즉 누군
가 아쉬운 자를 태워주는 도구가 되어 봉사나 헌신하는 자
로 바뀔 수 있다. 고정관념을 깬 신선한 인식의 결과이다.
시의 기능이 '사물의 낯설게 하기'라고 규정하기는 러시아
형식주의 이론가들에 의해서이다. 오늘의 시작법에서도 이
를 거론하는 것은 시의 표현은 있는 그대로가 아닌 새로운
인식에 의한 변용이 요구되기 때문이다. 사물을 새롭고 낯
설게 인식하는 것은 실제는 그렇지 않지만 다른 어떤 것으
로 변용하는 힘, 즉 상상력을 통해 바라본다는 뜻과 같다.

2-3. 상상력 키우기

사물을 새롭게 바라본다는 것은 사물과의 새로운 교감,
교섭(交涉)이며 새로운 삶을 뜻한다. 상상적 시각이 아니고
서는 불가능한 새로운 창조성을 획득하는 것은 개인뿐만 아

니라 인류발전의 원동력임은 말할 필요가 없다. 자동화된 지각을 벗어나 상상력을 통해 사물을 바라보는 것은 어쩌면 시인의 임무라고 해도 옳은 말이다. 일본의 시인 이토오 케이이치(伊藤桂一)은 다음과 같이 사물을 바라보는 아홉 가지 유형을 단계별로 제시하고 '보이는 것을 보는 것'에서 '보이지 않는 것-보이지 않으면 안 되는 것'을 보는 상상력 훈련을 할 것을 권하고 있다.

①나무를 그냥 나무로 본다.
②나무의 종류와 모양을 본다.
③나무가 어떻게 흔들리고 있는가를 본다.
④나무의 잎사귀들이 움직이는 모양을 세밀하게 살핀다.
⑤나무 속에 승화되어 있는 생명력을 본다.
⑥나무의 모양과 생명력의 상관관계를 본다.
⑦나무의 생명력이 뜻하는 그 의미와 사상을 읽어본다.
⑧나무를 통해 나무 그늘에서 쉬고 간 사람들을 본다.
⑨나무를 매개로 하여 나무 저쪽에 있는 세계를 본다.

①에서 ④까지는 외형적 관찰이며 ①과 ②는 일상적, 상식적 관찰이다. ③과 ④는 그보다 한 걸음 앞서긴 해도 역시 외형적 관찰이다. 객관적 모습을 묘사하는 시에 많이 나타난다. 아래의 시가 그런 모습의 표현이다.

벌목정정(伐木丁丁)이랬더니 아람도리 큰 솔이 베혀짐즉도 하이 골이 울어 멩아리 소리 쩌르렁 돌아옴즉도 하이 다람쥐도 좇지 않고 뫼ㅅ

새도 울지 않어 깊은 산 고요가 차라리 뼈를 저리우는데 눈과 밤이
조히보담 회고녀! 달도 보름을 기달려 흰 뜻은 한밤 이 골을 걸음이
란다? 웃절 중이 여섯 판에 여섯 번 지고 웃고 올라간 뒤 조찰히 늙
은 사나이의 남긴 내음새를 줏는다? 시름은 바람도 일지 않는 고요
에 심히 흔들리우노니 오오 견디란다 차고 올연히 슬픔도 꿈도 없
이   장수산 속 겨울 한밤내
——————— 정지용 <장수산(長壽山)·1> 전문

⑤에서 ⑦까지는 내면을 바라보는 시각이다. 일상적 차원에
서는 볼 수 없는 모습이다. 생명력, 의미, 사상은 보이지 않는
세계이다. 그러나 그것도 외형적인 모양을 통해 형상을 얻는
다. 말하자면 상상력에 의한 변용의 결과이다. 그러나 ⑧과 ⑨
에 이르면 비약적 변용이 된다. ⑦까지는 그래도 나무가 서있
는 자리(범주)를 벗어나지 못하고 있는데 반해 '그늘에 쉬고
간 사람들'은 인생의 갖가지 사연이 있는, 지금까지와 전혀 다
른 자리이다. ⑨의 단계는 한 걸음 더 나아가서 인생만사와
우주삼라만상을 포괄할 수 있는 자리가 된다.

나는 생각한다. 나무처럼 사랑스런 시를
결코 볼 수 없으리라고.

대지의 단물 흐르는 젖가슴에
굶주린 입술을 대고 있는 나무

온종일 하느님을 우러러보며
잎이 무성한 팔을 들어 기도하는 나무

여름엔 머리칼에다

방울새의 보금자리를 치는 나무

가슴에 눈이 쌓이고
또 비와 함께 다정히 사는 나무

시는 나와 같은 바보가 짓지만
나무를 만드는 건 하느님뿐.

——————— A. 킬머 <나무> 전문

이 시는 따뜻하고 맑은 시어로 세상을 노래한 상징주의 시인 킬머의 대표작이다. 시인이 짓는 시와 하느님이 만드는 나무를 대비시켜 나무의 겸허, 정다움, 극진함 등을 칭송하고, 나무의 이미지를 상징화시키고 있다. 맑고 진실한 시어로 겸손하게 노래한 경건한 시이다.

상상력에 의한 나무의 변용이 '신의 섭리에 순응하는 삶의 아름다움'에 이른 것은 놀라운 결과이다. 어떻게 하면 상상력이 발전할 수 있을까? 외형적 관찰을 버리고 내면을 바라보는 일이다. 내면을 바라본 뒤에는 비약적 변용을 하는 것이다. 나무의 모습이 어떻게 변용되고 있는지 킬머의 <나무>를 통해 알 수 있다.

모습 1 <시> — 모습 2 <젖을 빠는 아이> — 모습 3 <기도하는 사람> — 모습 4 <다른 이의 집이 되어주는 나무> — 모습 5 <눈, 비와 더불어 인내하는 나무> — 모습 6 <나무를 만드신 하느님>으로 바뀌는 동안 단순한 현상의 바꿈이 아니라 인간을 향한 어떤 새로운 의미, 메시지를 제시하고 있음을 알 수 있다.

3. 시 쓰기 단계

3-1. 시의 종자 얻기

C. D. 루이스는 '어떤 감정, 어떤 체험, 어떤 관념, 하나의 이미지, 한 줄의 시구'일 수 있는 일종의 영감을 시의 종자라고 했다. 그러나 우리가 날마다 쌓아 가는 느낌처럼 종자 역시 순간적으로 날아갈 수 있는 것이다. 그래서 이를 메모해 둘 것을 권한다. 그러나 메모한 종자에 매달리기보다는 잊어버리는 게 좋다고 한다. 메모를 하는 이유의 대부분이 후에 잊지 않고 되살리기 위해서인 것과 같다. 시의 종자는 시인의 무자각적 의식 속에 갈무리됨을 뜻하며 그 종자는 스스로 조금씩 자란다고 한다. 실제로 박목월 시인도 <청록집> 원고의 대부분 종자를 노트에 기록해뒀음이 사후에 밝혀졌다. 이렇게 메모된 종자는 어떻게 되는가?

머언 산 청운사(靑雲寺)
낡은 기와집

산은 자하산(紫霞山)
봄눈 녹으면

느릅나무
속잎 피어 가는 열두 굽이를

청노루
맑은 눈에

도는
구름

──────── 박목월 <청노루> 전문

산은
구강산(九江山)
보라빛 석산(石山)

산도화
두어 송이
송이 버는데

봄눈 녹아 흐르는
옥 같은
물에

사슴은
암사슴
발을 씻는다.

──────── 박목월 <산도화(山桃花)·1> 전문

3-2. 종자 성장과 시적 사고

한 송이의 국화꽃을 피우기 위해
봄부터 소쩍새는
그렇게 울었나 보다

한 송이의 국화꽃을 피우기 위해
천둥은 먹구름 속에서
또 그렇게 울었나 보다

그립고 아쉬움에 가슴 조이던
머언 먼 젊음의 뒤안길에서
인제는 돌아와 거울 앞에 선
내 누님같이 생긴 꽃이여

노오란 네 꽃잎이 피려고
간밤엔 무서리가 저리 내리고
내게는 잠도 오지 않았나 보다.

──────── 서정주 〈국화 옆에서〉 전문

　위의 시도 종자론에 의해 얻어졌다고 한다. 처음에는 3연
을 얻었고, 종자는 '거울 앞에 선 누님 같은 여자'였고 2~3
년 동안 지속적인 시적 사고의 노력 끝에 탄생된 시라고 스
스로 말했다. 종자의 성장이 자체에 의한다고 해서 가만 두
면 그냥 언젠가 한편의 시가 되는 것이 아니라 부단한 시적
사고, 경험과 체험들이 만났을 때 싹이 튼다는 사실에 유념
해야 한다. 그 다음에 구체적 표현이 적용된다. 그러나 이때
만들어진 작품이 바로 시가 되었다고 볼게 아니라 적어도

일주일쯤 여유를 둔 뒤 퇴고할 것을 권한다. 그 이유는 시
창작 때의 생각에서 벗어나지 못하면 결점이 잘 드러나지
않아서이다. 자신의 시를 볼 때 반드시 독자의 눈이 되어야
한다.

■ 연구과제 · 14

1.감수성을 기르는 방법을 설명하시오.
2.시 쓰기 단계에서 종자론을 설명하시오.
3.비약적 변용의 중요성을 말하시오.

※ 해설

1.①동심적 발상·감수성 기르기는 사물을 신선하고도 신기하게 바라보는 어린 아이들 마음인 동심적 발상으로 대상을 봐야 한다.

②낯설게 하기 : 동심적 발상을 바탕으로 대상을 바라보되 고정관념, 상식과 상투적 안목을 벗어나야 한다. 바로 새로운 인식으로 사물의 의미를 낯설게 재창조한다.

③상상력 기르기 : 사물의 의미를 낯설게 하는 이유는 궁극적으로 사물과의 새로운 교감과 교섭에 있다. 그것은 곧 새로운 삶의 모습이요 새로운 창조성이다. 보이지 않는 세계를 보여주는 훈련을 하면 된다. 그 방법은 A. 킬머처럼 사물의 외형적 관찰에서 내면세계를 찾아내는 일이다. 즉 보이지않는 세계인 '신의 섭리에 순응하는 자세의 아름다움'을 보여주는 일이다.

나는 생각한다. 나무처럼 사랑스런 시를
결코 볼 수 없으리라고.

대지의 단물 흐르는 젖가슴에
굶주린 입술을 대고 있는 나무

온종일 하느님을 우러러보며
잎이 무성한 팔을 들어 기도하는 나무

여름엔 머리칼에다
방울새의 보금자리를 치는 나무

가슴에 눈이 쌓이고
또 비와 함께 다정히 사는 나무

시는 나와 같은 바보가 짓지만
나무를 만드는 건 하느님뿐.

-A. 킬머 <나무> 전문

2. C. D. 루이스의 이론으로 어떤 감정, 체험, 관념, 하나의 이미지, 한 줄의 시구 등의 영감을 시의 종자라 하고 이를 바로 한편의 시로 완성하려고 하지 말고 메모해둔 뒤 일정기간동안 무의식 속에 머물도록 방치시킬 것을 권유한다. 종자는 주인의 경험과 느낌이 많이 쌓인 어느 날 펼쳤을 때 스스로 싹이 튼다는 이론이다.

3. 비약적 변용이란 상상력의 작용으로 외형적인 본래의 의미에서 벗어나 생명력, 의미, 사상 등 내면세계를 찾아내어 새롭게 인식된 결과를 표현하는 것이다. 시가 표현의 예술이기 때문에 보이지 않는 세계를 드러내는 것은 당연하며 동시에 외형의 비약적 변용이 없으면 일반적인 글과의 한계도 불분명하게 된다는 점에서 반드시 필요하다.<1번의 해설 참조>

4. 소재와 주제

4-1. 소재와 제재

시는 언어조직체인 문장의 일종이기 때문에 '언급의 대상'
이 반드시 있다. 이 대상이 시의 재료, 소재이다. 이 소재는
한편의 시에서 반드시 하나의 소재가 아니라 대부분 복수의
구조를 가지고 있다. 복수의 소재 가운데 가장 비중이 있는
것을 중심 소재라고 하는 제재이다. 소재의 종류로 반드시
사물만 있는 것이 아니라 관념, 감정도 있고 심지어 심리적
상태도 있다. 다시 말해서 우주삼라만상과 인간경험의 모든
일이 소재가 될 수 있다.

달아달아 밝은달아
이태백이 놀던달아
저기저기 저달속에

계수나무 박혔으니
옥토끼로 찍어내어
금도끼로 다듬어서
초가삼간 집을짓고
양친부모 모셔다가
천년만년 살고지고

천년만년 살고지고

———— 전래동요 <달아 달아 밝은 달아>

위의 전래동요 가사중 매 행마다 소재가 있고 어떤 행에
는 소재가 복수이다. 이 가운데 가장 비중이 큰 중심소재는
'달'이다. 달이 제재인 것이다. 소재는 시인에 따라 다르게
나타나는데 이는 시인의 개성, 시에 대한 견해, 즉 시론(詩
論)의 차이일 뿐, 소재가 시의 가치를 좌우하지 않는다. 그
러므로 소재의 특이함을 내세우는 소재주의적 태도는 버려
야 한다. 아래의 시 <달밤이 어느새>도 달이 소재로 들어
있다. 물론 이태백이 놀던 달과 다르다. 그렇다고 달의 표현
상의 우월을 말할 수 없다.

시인은 다양한 소재를 기술적으로 가공, 처리해서 맛있는
요리를 만드는 요리사와 같다. 면과 생 자장만으로 자장면
이라 할 수 없듯 소재만으로 시를 평가하지 말아야 한다.

사랑하는 사람아
네 눈은 늘 달밤이 되어 있었다.

이울 줄 모르는
보름달이 떠

간혹은 기쁜 듯이
소슬바람도 어리고

나는 잘못도 없으면서
한없이 빌고 싶었다.

그런 달밤이 어느새
피와 살에 젖어

이제 눈앞에는
안개비 뿌리는 피범벅이어,

또한 사정없이
진눈깨비 날리는 살 범벅이어.

──────── 박재삼 <달밤이 어느새> 전문

4-2. 주제

　문장의 일종인 시의 언급대상이 소재라고 했다. 그러면
그 대상에 대해서 반드시 무언가를 말하는 내용이 있게 된
다. 시의 주제란 대상에 대해 말하는 내용의 핵심, 즉 시 속
에 내포되어 있는 사상이나 감정 또는 태도를 말한다. 앞서
말한 '시란 소재의 기술적 처리'라고 했을 때의 기술은 주제
를 효과적으로 표현하기 위한 방법이라고 볼 수 있다. 그러
나 시의 주제란 그것이 따로 독립된 형태로 존재하지 않음
을 염두에 둬야 한다. 따로 존재하는 것은 사지선다형의 시
험문제와 답안에서 필요할 뿐이다.
　미국의 시론가 C. 브룩스(C. Brooks)와 시인 R. P. 와렌
(R. P. Warren)은 '시와 관련된 주제(관념)는 시속에서 극화

(劇化)되거나 시를 버리는 것처럼 보이지 않으면 무가치하다'고 했다. 주제의 극화란 주제가 시속에서 펼쳐지는 일련의 행위나 상황과 완전히 일체화 되어있는 경우를 말하는데, 예를 들면 소월의 <진달래꽃>같은 상황이다. 일반적으로 주제를 '이별의 슬픔'이라고 하며 시험의 답안은 꼭 그렇게 적어야 한다. 그러나 이 시는 영변 약산 진달래꽃을 한아름 따서 떠나는 님이 밟고 가도록 뿌리는, 시의 전체적 표현을 통해 특수하게 구체화 된 슬픔이 주제이다. 한편의 시에서 의도적으로 불거져 나온 주제가 있다면 좋은 시가 아니다. 극화의 성공, 즉 주제가 잠적한 상태라야 '주제가 시를 버린 모습'이 된다. 결국 시란 주제를 내세우거나 설명하는 수단으로 쓰여지는 게 아니란 점을 명심해야 한다.

  해석의 대상인 소재는 우주삼라만상과 인간경험의 전부라고 했는데 이 말은 소재에 대해 무언가를 말하는 내용의 핵심인 주제는 궁극적으로 세계와 인생에 대한 해석이다. 시를 쓸 때 주제를 생각하며 쓰는 것은 절대 옳지 않다. 그러나 창작의 태도에 있어 세계와 인생을 폭넓게 바라보고 깊이 있게 생각하는 습관을 길러야 한다.

  나 보기가 역겨워
  가실 때에는
  말없이 고이 보내드리우리다

  영변(寧邊)에 약산(藥山)
  진달래꽃
  아름 따다 가실 길에 뿌리우리다

가시는 걸음걸음
놓인 그 꽃을
사뿐히 즈려밟고1) 가시옵소서

나 보기가 역겨워
가실 때에는
죽어도 아니 눈물 흘리우리다

──────── 김소월 <진달래꽃> 전문

　사물을 바라보는 태도는 대상을 자기 나름으로 새롭게 바라봐야 하는데 다음의 릴케의 제목 없는 시가 도움이 될 것이다. 릴케가 지적하는 사람은 모든 걸 아는 척 하는 사람이다. 실상 아무 것도 아는 게 없는 것이 인간이며 늘 두려움과 호기심으로 겸허하게 살아야 한다는 걸 말하고 있다. 우리가 안다고 하는 것은 단지 인습적 사고일 뿐이다. 안다고 말하는 순간 그는 사물을 죽이고 있다는 걸 알아야 한다. 사물을 살리는 방법은 '멀리 떨어져 있으라'고 한 말을 따르면 된다. 안다고 하는 자는 사물과 너무 가까이 있어 사물의 본래 모습을 다 발견할 수 없기 때문이다.

　나는 사람들의 말을 두려워한다.
　그들은 분명하게 말하고 있다.
　(이것은 개, 저것은 집, 여기는 시작이고 저기 끝이 있다)고.

　내가 걱정하는 것은 그들의 감각과 농간이다.

──────────────

1) 즈려 밟다 : 짓밟다를 뜻하는 평안도 사투리.

그들은 미래도 과거도 다 알고 있다.
그들에겐 산도 이미 신기하지 않고
그들의 화원과 집은 신에 닿아 있다.

나는 언제나 '멀리 떨어져 있으라'고 권고하련다.
나는 좋아한다, 사물이 노래하는 것을.
너희들이 사물을 만지면 곧 굳어버린다.
너희들은 저마다 그것을 죽이고 있다.

■ 연구과제 · 15

1.소재란 무엇인지 말하시오.
2.제재란 무엇인지 말하시오
3.주제의 뜻을 말하고 주제와 시의 관계를 릴케의 시를 빌
어 설명하시오.

※ 해설

1. 소재란 글감이라고도 하는 글의 재료인데 아무런 해석이나 설명이 가
해지지 않은 상태를 말한다.

2. 제재란 소재가운데 중심이 되는 것을 말한다.

3. 언급대상에 대하여 말하는 내용의 핵심, 즉 내포된 사상, 감정, 태도를 말한다. 시에 있어서는 주제란 다의성을 갖기 때문에 어느 한가지에 한정시켜서는 안 된다. 주제를 고집하는 것은 무엇이나 안다고 고집하는 것과 같다. 안다는 것은 인습적 사고일 뿐만 아니라 사물을 죽이는 역할을 한다. 사물을 살리려면 '멀리 떨어져 있으라'고 한다. 너무 가까이에 있다는 것은 편협된 사고를 낳고 만다. 넓게, 크게, 깊게 바라보는 시각이 필요하다.

　　나는 사람들의 말을 두려워한다.
　　그들은 분명하게 말하고 있다.
　　(이것은 개, 저것은 집, 여기는 시작이고 저기 끝이 있다)고.

　　내가 걱정하는 것은 그들의 감각과 농간이다.
　　그들은 미래도 과거도 다 알고 있다.
　　그들에겐 산도 이미 신기하지 않고
　　그들의 화원과 집은 신에 닿아 있다.
　　나는 언제나 '멀리 떨어져 있으라'고 권고하련다.
　　나는 좋아한다, 사물이 노래하는 것을.
　　너희들이 사물을 만지면 곧 굳어버린다.
　　너희들은 저마다 그것을 죽이고 있다.

5. 구체적 표현

5-1. 시어

5-1-1. 일상어와 시어

모든 예술은 반드시 무엇인가를 표현한다. 그 표현을 위해 사용되는 재료, 표현매재(表現媒材)의 차이에 따라 예술의 장르가 구분된다. 시는 언어를 매재로 하며, 언어를 다루는 기술이 만들어내는 표현물이다. 따라서 시인은 언어의 직공이라 불릴 수 있으며 자기가 다루는 재료의 성질을 잘 알고 있어야함은 물론이다.

언어란 의사전달과 개념지시라는 목적을 달성하기 위한 수단적 성격을 가지고 있다. 내용(의미)과 형식(소리)의 구조를 가지고 있으며 이것을 결합, 구체화된 기호를 말한다. 이것을 일차언어라고 하는 일상언어라고 한다. 일상언어는 사전적 의미를 갖게 되며 산문의 언어 또는 보행의 언어(폴 발레리)로도 불린다.

언어의 기능을 내용적 측면과 형식적 측면을 나누어 살펴보자. 내용적 측면으로 보면 산문에서의 기능은 의미를 전달하는 단순기능(기성품)을 갖고 있는 반면 시에서는 의미를 새롭게 하는 창조적 기능(발표회 작품)이 있다.

　예를 들어보자. 산(山)의 사전적 의미는 '평지보다 썩 높이 솟아 있는 땅덩이'이다. 그러나 '그 사람은 커다란 산이다.'라고 했을 때 '산'의 의미는 '높은 인격'되며 '가도 가도 산이다.'라고 한다면 '산'의 의미는 '장벽'이 된다. '산'이라는 언어가 사전적 의미를 벗어나 재해석 될 때 문학적 의미를 지니게 되며 시인에 의해서 일상성을 넘어서 의미가 창조적으로 재해석될 때 시의 언어가 된다.

이상하게도 내가 사는 데서는
새벽녘이면 산들이
학처럼 날개를 쭉 펴고 날아와서는
종일토록 먹도 않고 말도 않고 엎댔다가는
해질 무렵이면 기러기처럼 날아서
틀만 남겨 놓고 먼 산 속으로 간다.

산은 날아도 새둥이나 꽃잎 하나 다치지 않고
짐승들의 굴속에서도
흙 한 줌 돌 한 개 들썩거리지 않는다.
새나 벌레나 짐승들이 놀랄까봐
지구처럼 부동(不動)의 자세로 떠간다.
그럴 때면 새나 짐승들은
기분 좋게 엎대서
사람처럼 날아가는 꿈을 꾼다.

산이 날 것을 미리 알고 사람들이 달아나면
언제나 사람보다 앞서 가다가도
고달프면 쉬란 듯이 정답게 서서

사람이 오기를 기다려 같이 간다.

산은 양지바른 쪽에 사람을 묻고
높은 꼭대기에 신(神)을 뫼신다.

산은 사람들과 친하고 싶어서
기슭을 끌고 마을에 들어오다가도
사람 사는 꼴이 어수선하면
달팽이처럼 대가리를 들고 슬슬 기어서
도로 험한 봉우리로 올라간다.

산은 나무를 기르는 법으로
벼랑에 오르지 못하는 법으로
사람을 다스린다.

산은 울적하면 솟아서 봉우리가 되고
물소리를 듣고 싶으면 내려와 깊은 계곡이 된다.

산은 한 번 신경질을 되게 내야만
고산(高山)도 되고 명산(名山)도 된다.

산은 언제나 기슭에 봄이 먼저 오지만
조금만 올라가면 여름이 머물고 있어서
한 기슭인데 두 계절을
사이좋게 지니고 산다.

———————— 김광섭 <산> 전문

언어의 형식적 측면으로 볼 때 소리는 청각적 영상으로
나타나며 새로운 언어의 효과로 리듬(음악적 효과)을 탄생시킨다. 언어를 입으로 소리내지 않고 생각만 해도 소리가 먼저 떠오른다. '꽃'이란 낱말을 소리내어 읽지 않더라도 소리의 이미지가 떠오른다. 모든 언어는 의미와 함께 청각영상인 소리가 짝을 이루고 있다.

　언어의 소리부분이 빚어내는 효과를 음악성이라고 한다. 음악성의 의미는 사물에 대한 창조적 인식의 조명으로 얻을 수 있다. 음악성의 의미가 존재의 의미를 새롭게 조명해준다. 원래 무엇인지 알 수 없던 사물이 '꽃'이라는 말의 조명을 받아서 비로소 꽃이라는 의미 있는 존재가 된 것이다. 예술 장르에서 소리를 기술적으로 잘 다루어 낸 분야가 음악이며, 문학에서는 음절수를 일정하게 맞춰 나가는 시의 음수율이 대표적이며 언어의 반복으로도 효과를 얻을 수 있다. 민요 <아리랑>의 반복구 '아리랑 아리랑 아라리오'는 아무런 의미를 알 수 없는 소리의 연속이다. 그러나 설움과 한이라는 한국인의 공통적 정서를 불러일으킨다. 음악성은 시와 산문을 구분하는 중요한 요건이 되기도 한다.

　　새악시 볼에 떠오는 부끄럼같이
　　시의 가슴을 살포시 적시는 물결같이
　　보드레한 에메랄드 얇게 흐르는
　　실비단 하늘을 바라보고 싶다

　　　　　　　　─── 김영랑 <돌담에 속삭이는 햇발>

　단단한 보석인 에메랄드가 '에' 소리의 겹침으로 정말 부드러운 느낌을 갖게 되는 것은 음악적 효과 때문이다. 음악성은 일단 의미와는 별개의 편의적 조치이지만 존재의 의미

를 새롭게 조명하는 음악적 장치는 완전한 언어구사를 위해
반드시 필요한 것이며 시와 시인에게는 완전한 언어가 요구
된다는 점에서도 매우 중요하다.

■ 연구과제 · 16

1. 시 <산>을 통해 사전적 의미와 문학적 의미가 어떻게 다른가 말하시오.
2. 일상어와 다르게 쓰이는 시어를 열 개만 고르시오.
3. 시 <산>과 다르게 의미를 해석하여 짧은 시를 써보시오.
4. 음악성이 시에서 어떤 작용을 하는지 말하시오.

※ 해설

1. 사전에서는 산을 '평지보다 썩 높이 솟아 있는 땅덩이'라고 정의한다. 지시기능, 외연기능의 언어는 정의와 설명, 해석을 하지만 시의 언어는 함축적 기능, 즉 내포적 기능이 있어 사전적 의미에서 벗어날 수 있으며 재해석이나 창조적 해석이 가능하다. 김광섭의 <산>에서 산(山)이 학과 기러기처럼 날고 움직일 수 있는 것이 재해석, 또는 창조적 해석의 결과이다.

4. 음악성은 산문에 비해 읽힘성이 좋을 뿐 아니라 존재의 의미를 새롭게 조명해 준다. 예를 든다면 김영랑의 <돌담에 속삭이는 햇발>에서 '보드레한 에메랄드 얇게 흐르는/실비단 하늘을 바라보고 싶다'에서 '에'소리 겹침의 반복적인 음악성은 딱딱하고 차가운 느낌의 보석 에메랄드가 실비단을 깔아놓은 것 같은 하늘에 흐르는 구름이 되고 있다.

5-2. 표현의 방법

▲ 고흐의 자화상

고흐의 여러 자화상 작품 가운데 우리에게 낯 익은, 귀에 붕대가 감긴 '자화상'이 있다. 그 작품만 보고서는 고흐의 일생, 환경 ─ 빈센트 반 고흐 (Vincent Van Gogh 1853-1890)는 남 프랑스에서 이글거리는 밝은 태양, 빛나는 별, 삼나무 숲, 카페, 강과 다리 등 맑고 밝은 풍광에 사로

잡혀 건강도 돌보지 않은 채 오로지 그림만을 그렸다. 또 고갱과 베르나르에게 그곳으로 올 것을 간곡히 청했다. 그의 청을 받아들인 고갱은 1888년 10월 23일 아침 기차 편으로 아를르에 도착하여 두 화가의 공동생활이 시작됐다. 그러나 양인은 성격차이가 심해 공동생활이 순조롭지 못했다. 그해 12월 고흐는 정신병 발작을 일으켰다. 그는 고갱과 다툰 끝에 면도날로 자신의 귀를 잘라 버렸다. 그 후 고흐는 발작과 입원의 생활을 계속했다. 발작이 없는 동안에는 불꽃처럼 그림을 그려댔다 — 을 정확히 알아낼 도리가 없다. 다만 주인공의 표정으로 미루어 우울함 불안함 고독함 절망감 등의 느낌이 감상자에 따라 다르게 나타날 뿐이다. 나이, 이름, 주소 등 신상명세는 아예 없다. 이것이 표현과 설명의 차이다.

예술(Art)은 표현매재를 다루는 기술이다. 따라서 시(문학)는 당연히 언어가 표현매재이며 표현되는 문학이기 때문에 산문과도 구분된다.

인간에게는 자연 또는 사물의 의미를 해석해내는 능력이 있다. 그 '의미의 해석'의 다양성, 다의성이 감상자(독자)의 몫이기 때문에 표현으로 가는 지름길이 '설명을 최대한 억제하고 무엇인가를 그냥 보여만 주겠다는 태도를 견지하는 것'이다. 엘리어트는 이를 가리켜 '객관적 상관물 제시'라고 했다. '쓸쓸함'에 대해 이러저러해서 슬프다고 말하는 것은 설명이며, 표현은 나무에 매달린 한 두 잎의 낙엽을 제시하는 것으로 족하다. 아래의 맥크리쉬의 시 <작시법>이 표현의 방법을 알려 주고 있다.

슬픔의 모든 사연에는
빈 문간과 단풍나무 잎사귀를

연애에는
기울어진 풀잎과 바다 위 두 개의 불빛을

시는 의미할 것이 아니라
존재해야 한다

──────── 맥크리쉬 <작시법>

■ 연구과제 · 17

1. 표현과 설명의 차이를 그림을 통해 설명하시오.
2. 고흐의 그림을 보고 느낀 점을 시의 형식으로 쓰시오.
3. 바람, 사랑하는 이, 노란 은행잎, 눈물, 내일이란 낱말을 써서 3연 내외의 시를 쓰시오.

※ 해설 ─────────

1. 고흐의 자화상 가운데 우리에게 낯익은 얼굴에 붕대를 감은 그림을 보자. 이 그림에는 주인공의 인적사항이나 환경 사고 경위 등이 전혀 개입되지 않고 있다. 그래서 독자는 주인공의 표정으로 미루어 불안하고 절망스런 상태를 짐작만 할 뿐이다. 바로 의미 해석의 몫을 작가가 갖고 있는 게 아니라 독자에게 떠넘긴다. 시에서는 표현을 엘리어트가 '객관적 상관물 제시'만 하라고 주창하며 설명은 독자의 자유의지에 맡기라고 했다. 시드니의 '언어로 그린 그림'이라는 이론과 미술작품은 어떤 의미에서는 다 같은 표현의 방법을 쓴다.

6. 자동기술법

초현실주의 이론의 지도자 앙드레 브루통(Andre Breton, 1896-1966)이 고안해낸 이론으로 심리주의 작법인 '의식의 흐름'과 유사한 방법이다. 프로이트의 정신분석 방법을 응용, 정신병자가 지껄이는 독백을 들어서 치료에 이용하려는 방법을 자기 자신에게서도 찾아내려고 시도한데서 고안된 방법이다. 꿈속이나 현실의 무의식 속에 쏟아져 나오는 어떤 이미지들을 여과 없이 기술하는 것이다.

> 나는 깨달았다 그녀의 음성의 회상이 나무에 머물렀는데 나의 육체는 나의 사상을 조용히 흔들고 있었다.
>
> 부딪친 돌멩이가 정오를 알렸다.
> ─────── 필립 수포(Philippe Soupault) <길> 전문

언어의 폭력적 결합에 의해 이미지를 나타내는 이러한 시들을 금방 이해하기란 쉽지 않다. 그러나 시에 등장하는 이미지들의 상호 유사성, 연관성을 찾아내는 일이 무의미하지 않다. 우리가 문득 떠올리는 시의 영감은 어쩌면 초현실적 기법인 자동기술법에 의한 이미지의 획득일 수 있다.

> 꽹과리 소리가 새벽 숲을 때린다
> 나무들 파리하게 몸을 떨고, 바람이

오라를 던져 새벽 노을을 낚아챈다.
나무들은 모두 대숲이 되고
바람의 주술로 뚝뚝 꺾이는 숲에
숱하게 감춰 둔 달빛을 까마귀 떼가 파먹는다.
신이 내린 까마귀들 허공을 발겨대면
열 일곱 지랄병에 죽은 누이가
까륵까륵 웃으며 다가온다.
꽹과리소리가 꽃잎이 되어 흩어진다. 흩어지는 꽃잎은 행길에 갈기갈
기 찢어 던진 누이의 치맛자락이다. 산허릴 헤매며 뭉개던 철쭉이다.
진달래다. 으적으적 꽃잎을 씹어먹던 입술이다.
몸살 하는 하늘
노을이 점점 커져 오라가 끊어진다.
바람에 묶였던 노을이 대숲을 삼키고 까마귀떼를 삼킨다.
신들린 바람마저 삼키고 곳곳에 부적이 되어 붙는다.
바람에 쫓겨 뒤뜰에 숨었던 반만 남은 새벽달이 바쁘게 달아나고
나와 함께 찍은 사진 속에 누이가 죽어 있다.
불안한 꽃밭에서 꽃들이 몸서리 칠 때, 꽃뱀 한 마리
누이의 무덤에 죽어 있다.

──────── 임노순 <신들린 새벽> 전문

    위의 시도 자동기술법에 의해 쓰여진 시다. 즉흥시처럼
의식의 흐름에 따라 그때그때 떠오르는 이미지들을 한순간
에 썼다. 꽹과리 소리, 오라, 대숲, 주술, 달빛, 까마귀, 지랄
병, 누이, 꽃잎, 철쭉, 진달래, 부적, 꽃뱀 등의 이미지는 계
획에 의해 등장한 게 아니라 무의식적으로 쏟아져 나왔다.
시의 성공여부보다는 다양한 이미지들의 자유로운 결합에
의미를 둔다. 많은 시인들이 시를 쓰는 것을 샘물에 자주
비유한다. 머리로 짜낼 것이 아니라 저절로 흘러 넘치는 샘

물처럼 쓴다는 말이다. 물론 자동기술법이 완전하고 바람직
한 창작법은 아니지만 샘물처럼 유연한 시, 다양한 이미지
의 결합을 위해 무시할 수 없는 기법이다. 우리나라에서는
조향, 정귀영, 소한진 등에 의해서 초현실주의 운동이 이어
지고 있다.

Ⅳ. 좋은 시 감상

■ 김광균(金光均)

1914년 경기도 개성 출생.
　　　송도상업고등학교 졸업.
1926년 《중외일보》에 시 <가는 누님> 발표.
1936년 《시인부락》 동인으로 참가.
1937년 《자오선》 동인으로 참가.
1950년 이후 실업계에 투신.
1990년 제2회 정지용문학상 수상.
1993년 사망.

□　시집 : 《와사등(瓦斯燈)》(1939), 《기항지(寄港地)》
　　　　(1947), 《황혼가(黃昏歌)》(1957), 《황조가
　　　　(黃鳥歌)》(1969).

성호부근(星湖附近)

[1]
양철로 만든 달이 하나 수면(水面) 위에 떨어지고
부서지는 얼음 소래가
날카로운 호적(呼笛)같이 옷소매에 스며든다.

해맑은 밤바람이 이마에 나리는
여울가 모래밭에 홀로 거닐면
노을에 빛나는 은모래같이

호수는 한 포기 화려한 꽃밭이 되고
여윈 추억(追憶)의 가지가지엔
조각난 빙설(氷雪)이 눈부신 빛을 발하다.

[2]
낡은 고향의 허리띠같이
강물은 길 게 얼어붙고

차창(車窓)에 서리는 황혼 저 멀리
노을은
나 어린 향수(鄕愁)처럼 희미한 날개를 펴고 있었다.

[3]
앙상한 잡목림(雜木林) 사이로

한낮이 겨운 하늘이 투명한 깃폭을 떨어뜨리고

푸른 옷을 입은 송아지가 한 마리
조그만 그림자를 바람에 나부끼며
서글픈 얼굴을 하고 논둑 위에 서 있다.

와사등(瓦斯燈)

차단한 등불이 하나 비인 하늘에 걸리어 있다.
내 호올로 어딜 가라는 슬픈 신호냐.

긴 여름 해 황망히 나래를 접고
늘어선 고층(高層), 창백한 묘석(墓石)같이 황혼에 젖어
찬란한 야경(夜景) 무성한 잡초인 양 헝클어진 채
사념(思念) 벙어리 되어 입을 다물다.

피부의 바깥에 스미는 어둠
낯설은 거리의 아우성 소리
까닭도 없이 눈물겹고나.

공허한 군중의 행렬에 섞이어
내 어디서 그리 무거운 비애를 지고 왔기에
길게 늘인 그림자 이다지 어두워

내 어디로 어떻게 가라는 슬픈 신호기
차단 한 등불이 하나 비인 하늘에 걸리어 있다.

데생

1
향료(香料)를 뿌린 듯 곱다란 노을 위에
전신주 하나하나 기울어지고

머언 고가선(高架線)2) 위에 밤이 켜진다.

2
구름은
보랏빛 색지(色紙) 위에
마구 칠한 한 다발 장미(薔薇).

목장(牧場)의 깃발도, 능금나무도
부을면 꺼질 듯이 외로운 들길.

---

2) 고가선 : 고압 전류를 송전하는 전선.

외인촌(外人村)

하이얀 모색(暮色) 속에 피어 있는
산협촌(山峽村)의 고독한 그림 속으로
파아란 역등(驛燈)을 단 마차가 한 대 잠기어 가고
바다를 향한 산마루 길에
우두커니 서 있는 전신주 위엔
지나가던 구름이 하나 새빨간 노을에 젖어 있었다.

바람에 불리우는 작은 집들이 창을 내리고
갈대밭에 묻힌 돌다리 아래선
작은 시내가 물방울을 굴리고,

안개 자욱한 화원지(花園地)의 벤취 위엔
한낮에 소녀들이 남기고 간
가벼운 웃음과 시들은 꽃다발이 흩어져 있었다.

외인 묘지(外人墓地)의 어두운 수풀 뒤엔
밤새도록 가느단 별빛이 내리고,

공백(空白)한 하늘에 걸려 있는 촌락의 시계가
여윈 손길을 저어 열 시를 가리키면
날카로운 고탑(古塔)같이 언덕 위에 솟아 있는
퇴색한 성교당(聖敎堂)의 지붕 위에선

분수(噴水)처럼 흩어지는 푸른 종소리.

추일 서정(秋日抒情)

낙엽은 폴란드 망명 정부의 지폐
포화(砲火)에 이지러진
도룬 시(市)의 가을 하늘을 생각하게 한다.
길은 한 줄기 구겨진 넥타이처럼 풀어져
일광(日光)의 폭포 속으로 사라지고
조그만 담배 연기를 내뿜으며
새로 두 시의 급행 열차가 들을 달린다.
포플라나무의 근골(筋骨) 사이로
공장의 지붕은 흰 이빨을 드러내인 채
한 가닥 구부러진 철책(鐵柵)이 바람에 나부끼고
그 위에 셀로판지(紙)로 만든 구름이 하나.
자욱한 풀벌레 소리 발길로 차며
호올로 황량(荒凉)한 생각 버릴 곳 없어
허공에 띄우는 돌팔매 하나.
기울어진 풍경의 장막(帳幕) 저쪽에
고독한 반원(半圓)을 긋고 잠기어 간다.

3·1날이여! 가슴아프다

조선독립만세 소리는
나를 키워준 자장가다
아버지를 여읜 나는
이 요람의 노래 속에 자라났다
아 봄은 몇 해만에 다시 돌아와
오늘 이 노래를 들려주건만
3·1날이여
가슴아프다
싹트는 새 봄을 우리는 무엇으로 맞이했는가
겨레와 겨레의 싸움 속에
나는 이 시를 눈물로 쓴다
이십 칠 년 전 오늘을 위해
누가 녹스른 나발을 들어 피나게 울랴
해방의 종소리는 허공에 사라진 채
영영 다시 오지 않는가
눈물에 어린 조국의 깃발은
다시 땅 속에 묻혀지는가
상장(喪章)을 달고 거리로 가자
우리 껴안고 목놓아 울자
3·1날이여
가슴 아프다
싹트는 새 봄을 우리는 무엇으로 맞이했는가

은수저

산이 저문다
노을이 잠긴다
저녁밥상에 애기가 없다
애기 앉던 방석에 한 쌍의 은수저
은수저 끝에 눈물이 고인다

한밤중에 바람이 분다
바람 속에서 애기가 웃는다
애기는 방 속을 들여다본다
들창을 열었다 다시 닫는다

먼 들길을 애기가 간다
맨발 벗은 애기가 울면서 간다
불러도 대답이 없다
그림자마저 아른거린다

야차(夜車)

모두들 눈물 지우며
요란히 울고 가고 다시 돌아오는
기적소리에 귀를 기울이더라

내 廢家와 같은 밤차에 고단한 肉身을 싣고
몽롱한 램프 우에
感傷은 자욱―한 안개가 되어 내리나니
어데를 가도
腦髓를 파고드는 한줄기 孤獨

절벽 가까이 기적은 또다시 목메어 울고
다만 귓가에 들리는 것은
밤의 층계를 굴러 내리는
처참한 차바퀴 소리

아―새벽은 아직 멀었나보다.

窓

어제도 오늘도 고달픈 기억이
슬픈 행렬을 짓고 창밖을 지나가고
이마에 서리는 다정한 입김에 가슴이 메어
아네모네의 꽃망울에 눈물 지운다.
오후의 露臺에 턱을 고이면
한 장의 푸른 하늘은 언덕 너머 기울어지고

北靑 가까운 풍경

기차는 당나귀같이 슬픈 고동을 울리고
낙엽에 덮인 停車場 지붕 위엔
까마귀 한 마리가 서글픈 얼굴을 하고
코발트빛 하늘을 쫍고 있었다.

파리한 모습과 낡은 바스켓을 가진 여인 한 분이
차창에 기대어 성경을 읽고
기적이 깨어진 풍금같이 처량한 복음을 내고
낯 설은 풍경을 달릴 적마다
나는 서글픈 하품을 씹어가면서
고요히 두 눈을 감고 있었다.

■ 박목월(朴木月)

본명 : 박영종(朴泳鍾).
1916년 경상북도 경주 출생.
1933년 대구 계성 중학교 재학 중 동시.
   <통딱딱 통딱딱>이 {어린이}에,
   <제비맞이>가 《신가정》에 각각 당선.
1939년 《문장》에 <길처럼>, <그것은 연륜이다>,
   <산그늘> 등이 정지용의 추천으로 등단.
1946년 김동리, 서정주 등과 함께 조선청년문학가협회
   결성, 조선문필가협회 사무국장 역임.
1949년 한국문학가협회 사무국장 역임.
1957년 한국시인협회 창립.
1973년 《심상》 발행.
1974년 한국시인협회 회장 역임.
1978년 사망.

□ 시집 : 《청록집》(1946), 《1946》(1946), 《산도화》
   (1955), 《란(蘭)·기타(其他)》(1959), 《청담
   (晴曇)》(1964), 《경상도의 가랑잎》(1968),
   《구름에 달 가듯이》(1975), 《무순(無順)》
   (1976)

나그네
──── 술 익는 강마을의 저녁 노을이여 - 지훈(芝薰)

강나루 건너서
밀밭 길을

구름에 달 가듯이
가는 나그네

길은 외줄기
남도(南道) 삼백 리

술 익는 마을마다
타는 저녁놀

구름에 달 가듯이
가는 나그네

윤사월(閏四月)

송화(松花) 가루 날리는
외딴 봉우리

윤사월 해 길다
꾀꼬리 울면

산지기 외딴 집
눈 먼 처녀사

문설주에 귀 대고
엿듣고 있다

청노루

머언 산 청운사(靑雲寺)
낡은 기와집

산은 자하산(紫霞山)
봄눈 녹으면

느릅나무
속잎 피어 가는 열두 굽이를

청노루
맑은 눈에

도는
구름

산이 날 에워싸고

산이 날 에워싸고
씨나 뿌리며 살아라 한다.
밭이나 갈며 살아라 한다.

어느 산자락에 집을 모아
아들 낳고 딸을 낳고
흙담 안팎에 호박 심고
들찔레처럼 살아라 한다.
쑥대밭처럼 살아라 한다.

산이 날 에워싸고
그믐달처럼 사위어지는 목숨
구름처럼 살아라 한다.
바람처럼 살아라 한다.

산도화(山桃花) · 1

산은
구강산(九江山)
보라빛 석산(石山)

산도화
두어 송이
송이 버는데

봄눈 녹아 흐르는
옥 같은
물에

사슴은
암사슴
발을 씻는다.

불국사(佛國寺)

흰 달빛
자하문(紫霞門)

달 안개
물 소리

대웅전(大雄殿)
큰 보살

바람 소리
솔 소리

범영루(泛影樓)
뜬 그림자

흐는히
젖는데

흰 달빛
자하문

바람 소리
물 소리

달

배꽃 가지
반쯤 가리고
달이 가네.

경주군 내동면(慶州郡 內東面)
혹(或)은 외동면(外東面)
불국사(佛國寺) 터를 잡은
그 언저리로

배꽃 가지
반쯤 가리고
달이 가네.

하관(下棺)

관(棺)이 내렸다.
깊은 가슴 안에 밧줄로 달아 내리듯.
주여
용납하옵소서.
머리맡에 성경을 얹어 주고
나는 옷자락에 흙을 받아
좌르르 하직(下直)했다.
그 후로
그를 꿈에서 만났다.
턱이 긴 얼굴이 나를 돌아보고
형님!
불렀다.
오오냐. 나는 전신(全身)으로 대답했다.
그래도 그는 못 들었으리라.
이제
네 음성을
나만 듣는 여기는 눈과 비가 오는 세상.
너는
어디로 갔느냐.
그 어질고 안쓰럽고 다정한 눈짓을 하고

형님!
부르는 목소리는 들리는데
내 목소리는 미치지 못하는
다만 여기는
열매가 떨어지면
툭 하는 소리가 들리는 세상.

우회로(迂廻路)

병원으로 가는 긴 우회로
달빛이 깔렸다.
밤은 에테르로 풀리고
확대되어 가는 아내의 눈에
달빛이 깔린 긴 우회로
그 속을 내가 걷는다.
흔들리는 남편의 모습.
수술은 무사히 끝났다.
메스를 가아제로 닦고
응결(凝結)하는 피.
병원으로 가는 긴 우회로
달빛 속을 내가 걷는다.
흔들리는 남편의 모습.
혼수(昏睡) 속에서 피어 올리는
아내의 미소.(밤은 에테르로 풀리고)
긴 우회로를
흔들리는 아내의 모습
하얀 나선 통로(螺旋通路)를
내가 내려간다.

가정(家庭)

지상에는
아홉 켤레의 신발.
아니 현관에는 아니 들깐에는
아니 어느 시인의 가정에는
알전등이 켜질 무렵을
문수(文數)가 다른 아홉 켤레의 신발을.

내 신발은
십구 문 반(十九文半).
눈과 얼음의 길을 걸어
그들 옆에 벗으면
육 문 삼(六文三)의 코가 납작한
귀염둥아 귀염둥아
우리 막내둥아.

미소하는
내 얼굴을 보아라.
얼음과 눈으로 벽(壁)을 짜 올린
여기는
지상.

연민(憐憫)한 삶의 길이여.
내 신발은 십구 문 반.

아랫목에 모인
아홉 마리의 강아지야.
강아지 같은 것들아.
굴욕과 굶주림과 추운 길을 걸어
내가 왔다.
아버지가 왔다.
아니 십구 문 반의 신발이 왔다.
아니 지상에는
아버지라는 어설픈 것이
존재한다.
미소하는
내 얼굴을 보아라.

빈 컵

빈 것은
빈 것으로 정결한 컵.
세계는 고드름 막대기로
꽂혀 있는 겨울 아침에
세계를 마른 가지로
타오르는 겨울 아침에.
하지만 세상에서
빈 것이 있을 수 없다.
당신이
서늘한 체념으로
채우지 않으면
신앙의 샘물로 채운다.
그리고
오늘 아침에는
나의 창조의 손이
장미를 꽂는다.
로오즈 리스트에서
가장 매혹적인 죠세피느 불르느스를.
투명한 유리컵의
중심에.

■ 정지용(鄭芝溶)

1903년 충청북도 옥천 출생.
1918년 휘문고보 재학 중 박팔양 등과 함께 동인지
    《요람》 발간.
1929년 교토 도시샤(同志社)대학 영문과 졸업.
1930년 문학 동인지 《시문학》 동인.
1933년 《가톨릭 청년》 편집 고문, 문학 친목 단체
    <구인회> 결성.
1939년 《문장》지 추천 위원으로 조지훈, 박두진, 박목월,
    김종한, 이한직, 박남수 추천.
1945년 이화여자대학교 교수.
1946년 조선문학가동맹 중앙집행위원.
1950년 납북.

□ 시집 : 《정지용 시집》(1935), 《백록담》(1941), 《지용
    시선》(1946), 《정지용 전집》(1988)

카페·프란스

옮겨다 심은 종려(棕櫚)나무 밑에
비뚜로 선 장명등(長明燈)
카페·프란스에 가자.

이놈은 루바쉬카3)
또 한 놈은 보헤미안4) 넥타이
비쩍 마른 놈이 앞장을 섰다.

밤비는 뱀눈처럼 가는데
페이브먼트5)에 흐느끼는 불빛
카페·프란스에 가자.

이놈의 머리는 비뚜른 능금
또 한 놈의 심장은 벌레 먹은 장미
제비처럼 젖은 놈이 뛰어간다.

---

3) 루바쉬카 : 러시아 남자들이 입는 블라우스 풍의 상의.
4) 보헤미안 : 집시(Gypsy)나 사회 관습에 구애받지 않고 방랑적이며 자
　　　　　　유분방한 생활을 하는 사람을 이르는 말.
5) 페이브먼트 : 포장도로.

"오오 패롯(鸚鵡)6) 서방! 굳 이브닝!"

"굳 이브닝!"(이 친구 어떠하시오?)
울금향(鬱金香)7) 아가씨는 이 밤에도
경사(更紗) 커튼 밑에서 조시는구료!

나는 자작(子爵)의 아들도 아무것도 아니란다.
남달리 손이 희어서 슬프구나!

나는 나라도 집도 없단다.
대리석(大理石) 테이블에 닿는 내 뺨이 슬프구나!

오오, 이국종(異國種) 강아지야.
내 발을 빨아다오.
내 발을 빨아다오.

---

6) 패롯 : 앵무새.
7) 울금향 : 튤립(tulip).

향수(鄕愁)

넓은 벌 동쪽 끝으로
옛이야기 지줄대는 실개천이 휘돌아 나가고,
얼룩백이 황소가
해설피8) 금빛 게으른 울음을 우는 곳.

그 곳이 차마 꿈엔들 잊힐리야.

질화로에 재가 식어지면,
비인 밭에 밤바람 소리 말을 달리고,
엷은 졸음에 겨운 늙으신 아버지가
짚베개를 돋아 고이시는 곳.

그 곳이 차마 꿈엔들 잊힐리야.

흙에서 자란 내 마음
파아란 하늘 빛이 그리워
함부로 쏜 화살을 찾으려
풀섶 이슬에 함초롬9) 휘적시던 곳.

---

8) 해설피 : 느리고 어설프게.
9) 함초롬 : 가지런하고 고운 모양.

그 곳이 차마 꿈엔들 잊힐리야.
전설(傳說) 바다에 춤추는 밤물결 같은

검은 귀밑머리 날리는 어린 누이와
아무렇지도 않고 예쁠 것도 없는,
사철 발벗은 아내가
따가운 햇살을 등에 지고 이삭 줍던 곳.

그 곳이 차마 꿈엔들 잊힐리야.

하늘에는 성근10) 별
알 수도 없는 모래성으로 발을 옮기고,
서리 까마귀 우지짖고 지나가는 초라한 지붕,
흐릿한 불빛에 돌아앉아 도란도란거리는 곳.

그 곳이 차마 꿈엔들 잊힐리야.

10) 성근 : 드문드문한.

그의 반

내 무엇이라 이름하리 그를?
나의 영혼 안의 고운 불,
공손한 이마에 비추는 달,
나의 눈보다 값진 이,
바다에서 솟아올라 나래 떠는 금성(金星),
쪽빛 하늘에 흰꽃을 달은 고산식물(高山植物),
나의 가지에 머물지 않고,
나의 나라에서도 멀다.
홀로 어여삐 스스로 한가로워 항상 머언 이,
나는 사랑을 모르노라. 오로지 수그릴 뿐.
때없이 가슴에 두 손이 여미어지며
굽이굽이 돌아 나간 시름의 황혼(黃昏) 길 위
나 바다 이편에 남긴
그의 반임을 고이 지니고 걷노라

고향(故鄕)

고향에 고향에 돌아와도
그리던 고향은 아니러뇨.

산꿩이 알을 품고
뻐꾸기 제철에 울건만,

마음은 제 고향 지니지 않고
머언 항구(港口)로 떠도는 구름.

오늘도 뫼 끝에 홀로 오르니
흰 점꽃이 인정스레 웃고,

어린 시절에 불던 풀피리 소리 아니나고
메마른 입술에 쓰디쓰다.

고향에 고향에 돌아와도
그리던 하늘만이 높푸르구나.

난초(蘭草)

난초 잎은
차라리 수묵색(水墨色).

난초 잎에
엷은 안개와 꿈이 오다.

난초 잎은
한밤에 여는 담은 입술이 있다.

난초 잎은
별빛에 눈떴다 돌아눕다.

난초 잎은
드러난 팔굽이를 어쩌지 못한다.

난초 잎에
적은 바람이 오다.

난초 잎은
춥다.

바다 · 2

바다는 뿔뿔이
달아나려고 했다.

푸른 도마뱀 떼같이
재재발렀다.

꼬리가 이루
잡히지 않았다.

흰 발톱에 찢긴
산호(珊瑚)보다 붉고 슬픈 생채기!

가까스로 몰아다 부치고
변죽을 둘러 손질하여 물기를 씻었다.

이 애쓴 해도(海圖)에
손을 씻고 떼었다.

찰찰 넘치도록
돌돌 구르도록

휘동그란히 받쳐들었다!
지구(地球)는 연(蓮)잎인 양 오므라들고 …… 펴고 …….

장수산 · 1

벌목정정(伐木丁丁)[11] 이랬더니 아람도리 큰 솔이 베혀짐즉
도 하이 골이 울어 멩아리 소리 쩌르렁 돌아옴즉도 하이 다
람쥐도 좇지 않고 뫼ㅅ새도 울지 않어 깊은 산 고요가 차라
리 뼈를 저리우는데 눈과 밤이 조히보담 희고녀! 달도 보름
을 기달려 흰 뜻은 한밤 이 골을 걸음이랸다? 웃절 중이 여
섯 판에 여섯 번 지고 웃고 올라간 뒤 조찰히 늙은 사나이
의 남긴 내음새를 줏는다? 시름은 바람도 일지 않는 고요에
심히 흔들리우노니 오오 견디랸다 차고 올연(兀然)히[12] 슬
픔도 꿈도 없이 장수산 속 겨울 한밤 내 ―

---

11) 벌목정정: 나무를 베는 소리가 '정정'함. '정정'은 의성어.
12) 올연히 : 홀로 우뚝하게.

춘설(春雪)

문 열자 선뜻!
먼 산이 이마에 차라.

우수절(雨水節) 들어
바로 초하루 아침,

새삼스레 눈이 덮인 뫼뿌리와
서늘옵고13) 빛난 이마받이14)하다.

얼음 금가고 바람 새로 따르거니
흰 옷고름 절로 향기로워라.

옹송그리고15) 살아난 양이
아아 꿈 같기에 설어라.

미나리 파릇한 새 순 돋고
옴짓 아니기던16) 고기 입이 오물거리는,

---

13) 서늘옵고 : 서느렇고.
14) 이마받이 : 이마를 부딪치는 짓.
15) 옹송그리다 : 궁상스럽게 몸을 옹그리다.
16) 아니기던 : 아니하던.

꽃 피기 전 철 아닌 눈에
핫옷17) 벗고 도로 춥고 싶어라.

---

17) 핫옷 : 솜을 두어서 지은 옷.

비

돌에
그늘이 차고,

따로 몰리는
소소리바람.

앞섰거니 하여
꼬리 치날리어 세우고,

종종 다리 까칠한
산새 걸음걸이.

여울지어
수척한·흰 물살,

갈갈이
손가락 펴고.

멎은 듯
새삼 돋는 비ㅅ낯

붉은 잎 잎
소란히 밟고 간다.

인동차(忍冬茶)

노주인(老主人)의 장벽(腸壁)에
무시(無時)로 인동(忍冬) 삼긴 물이 나린다.

자작나무 덩그럭 불이
도로 피어 붉고,

구석에 그늘지어
무가 순 돋아 파롯하고,

흙 냄새 훈훈히 김도 사리다가
바깥 풍설(風雪) 소리에 잠착하다.[18]

산중(山中)에 책력(冊曆)도 없이
삼동(三冬)이 하이얗다.

---

18) 잠착(潛着)하다 : 어떤 한 가지 일에만 마음을 골똘하게.

■ 윤동주(尹東柱)

1917년 북간도 명동촌(明東村) 출생.
1925년 명동소학교 입학.
1929년 송몽규 등과 문예지 《새 명동》 발간.
1932년 용정(龍井)의 은진중학교 입학.
1935년 평양 숭실중학교로 전학.
1936년 숭실중학 폐교 후 용정광명학원 중학부
　　　　4학년에 전입
1938년 연희전문학교 문과 입학.
1939년 산문 <달을 쏘다>를 《조선일보》에,
　　　　동요 <산울림>을 《소년》지에 각각 발표.
1942년 릿쿄(立敎)대학 영문과 입학, 가을
　　　　도시샤(同志社) 대학 영문과로 전학.
1943년 송몽규(宋夢奎)와 함께 독립 운동 혐의로
　　　　일본 경찰에 체포.
1945년 2월 16일 큐슈(九州) 후쿠오카(福岡)
　　　　형무소에서 옥사.

□ 시집: 《하늘과 바람과 별과 시》(유고 시집, 1948)

간(肝)

바닷가 햇빛 바른 바위 위에
습한 간(肝)을 펴서 말리우자.

코카서스 산중(山中)에서 도망해 온 토끼처럼
둘러리를 빙빙 돌며 간을 지키자.

내가 오래 기르는 여윈 독수리야!
와서 뜯어 먹어라, 시름없이

너는 살찌고
나는 여위어야지, 그러나

거북이야
다시는 용궁(龍宮)의 유혹에 안 떨어진다.

프로메테우스 불쌍한 프로메테우스
불 도적한 죄로 목에 맷돌을 달고
끝없이 침전(沈澱)하는 프로메테우스

길

잃어버렸습니다.
무얼 어디다 잃었는지 몰라
두 손이 주머니를 더듬어
길에 나아갑니다.

돌과 돌이 끝없이 연달아
길은 돌담을 끼고 갑니다.

담은 쇠문을 굳게 닫아
　길 위에 긴 그림자를 드리우고

길은 아침에서 저녁으로
저녁에서 아침으로 통했습니다.

돌담을 더듬어 눈물짓다
쳐다보면 하늘은 부끄럽게 푸릅니다.

풀 한 포기 없는 이 길을 걷는 것은
담 저 쪽에 내가 남아 있는 까닭이고,

내가 사는 것은, 다만,
잃은 것을 찾는 까닭입니다.

또 다른 고향

고향에 돌아온 날 밤에
내 백골(白骨)이 따라와 한 방에 누웠다.

어둔 방은 우주로 통하고
하늘에선가 소리처럼 바람이 불어온다.

어둠 속에 곱게 풍화 작용하는
백골을 들여다보며
눈물짓는 것이 내가 우는 것이냐
백골이 우는 것이냐
아름다운 혼(魂)이 우는 것이냐

지조(志操) 높은 개는
밤을 새워 어둠을 짖는다.

어둠을 짖는 개는
나를 쫓는 것일 게다.

가자가자
쫓기우는 사람처럼 가자
백골 몰래
아름다운 또 다른 고향에 가자.

병원

    살구나무 그늘로 얼굴을 가리고, 병원 뒤뜰에 누워, 젊은 여자가 흰 옷 아래로 하얀 다리를 드러내 놓고 일광욕을 한다. 한나절이 기울도록 가슴을 앓는다는 이 여자를 찾아오는 이, 나비 한 마리도 없다. 슬프지도 않은 살구나무 가지에는 바람조차 없다.

    나도 모를 아픔을 오래 참다 처음으로 이곳에 찾아왔다. 그러나 나의 늙은 의사는 젊은이의 병을 모른다. 나한테는 병이 없다고 한다. 이 지나친 시련, 이 지나친 피로, 나는 성내서는 안 된다.

    여자는 자리에서 일어나 옷깃을 여미고 화단에서 금잔화(金盞花) 한 포기를 따 가슴에 꽂고 병실 안으로 사라진다. 나는 그 여자의 건강이 아니 내 건강도 속히 회복되기를 바라며 그가 누웠던 자리에 누워 본다.

별 헤는 밤

계절이 지나가는 하늘에는
가을로 가득 차 있습니다.

나는 아무 걱정도 없이
가을 속의 별들을 다 헬 듯합니다.

가슴속에 하나 둘 새겨지는 별을
이제 다 못 헤는 것은
쉬이 아침이 오는 까닭이요,
내일 밤이 남은 까닭이요,
아직 나의 청춘이 다하지 않은 까닭입니다.

별 하나에 추억과
별 하나에 사랑과
별 하나에 쓸쓸함과
별 하나에 동경(憧憬)과
별 하나에 시(詩)와
별 하나에 어머니, 어머니,

어머님, 나는 별 하나에 아름다운 말 한 마디씩 불러봅니다.
소학교 때 책상을 같이했던 아이들의 이름과, 패(佩), 경
(鏡), 옥(玉) 이런 이국 소녀(異國少女)들의 이름과, 벌써 애
기 어머니 된 계집애들의 이름과, 가난한 이웃 사람들의

이름과, 비둘기, 강아지, 토끼, 노새, 노루, '프란시스 잼',
'라이너 마리아 릴케', 이런 시인의 이름을 불러 봅니다.

이네들은 너무나 멀리 있습니다.
별이 아슬히 멀듯이

어머님,
그리고 당신은 멀리 북간도(北間島)에 계십니다.

나는 무엇인지 그리워
이 많은
별빛이 내린 언덕 위에
내 이름자를 써 보고,
흙으로 덮어 버리었습니다.

딴은 밤을 새워 우는 벌레는
부끄러운 이름을 슬퍼하는 까닭입니다.

그러나, 겨울이 지나고 나의 별에도 봄이 오면,
무덤 위에 파란 잔디가 피어나듯이
내 이름자 묻힌 언덕 위에도
자랑처럼 풀이 무성할 거외다.

序詩

죽는 날까지 하늘을 우러러
한 점 부끄럼 없기를,
잎새에 이는 바람에도
나는 괴로워했다.
별을 노래하는 마음으로
모든 죽어 가는 것을 사랑해야지
그리고 나한테 주어진 길을 걸어가야겠다.

오늘밤에도 별이 바람에 스치운다.

십자가

쫓아오던 햇빛인데
지금 교회당 꼭대기
십자가에 걸리었습니다.

첨탑(尖塔)이 저렇게도 높은데
어떻게 올라갈 수 있을까요.

종소리도 들려오지 않는데
휘파람이나 불며 서성거리다가,

괴로웠던 사나이
행복한 예수 그리스도에게처럼
십자가가 허락된다면

모가지를 드리우고
꽃처럼 피어나는 피를
어두워 가는 하늘 밑에
조용히 흘리겠습니다.

아우의 인상화

붉은 이마에 싸늘한 달이 서리어
아우의 얼굴은 슬픈 그림이다.

발걸음을 멈추어
살그머니 애띤 손을 잡으며

'너는 자라 무엇이 되려니'
'사람이 되지'
아우의 설은 진정코 설은 대답이다.

슬며시 잡았던 손을 놓고
아우의 얼굴을 다시 들여다본다.

싸늘한 달이 붉은 이마에 젖어
아우의 얼굴은 슬픈 그림이다.

참회록

파란 녹이 낀 구리 거울 속에
내 얼굴이 남아 있는 것은
어느 왕조(王朝)의 유물(遺物)이기에
이다지도 욕될까.

나는 나의 참회(懺悔)의 글을 한 줄에 줄이자.
— 만(滿) 이십사 년 일 개월을
무슨 기쁨을 바라 살아 왔던가.

내일이나 모레나 그 어느 즐거운 날에
나는 또 한 줄의 참회록을 써야 한다.
— 그 때 그 젊은 나이에
왜 그런 부끄런 고백(告白)을 했던가.

밤이면 밤마다 나의 거울을
손바닥으로 발바닥으로 닦아 보자.

그러면 어느 운석(隕石) 밑으로 홀로 걸어가는
슬픈 사람의 뒷모양이
거울 속에 나타나온다.

초 한 대

초 한 대—
내 방에 품긴 향내를 맡는다.

광명의 제단이 무너지기 전
나는 깨끗한 제물을 보았다.

염소의 갈비뼈 같은 그의 몸
그의 생명인 심지

백옥 같은 눈물과 피를 흘려
불 살려 버린다.

그리고 책상머리에 아롱거리며
선녀처럼 촛불은 춤을 춘다.

매를 본 꿩이 도망하듯이
암흑이 창구멍으로 도망한
나의 방에 품긴
제물의 위대한 향내를 맛보노라.

■ 정호승

1950년 대구에서 태어나 경희대 국문과와 같은 대학원을 졸업했다.

1973년 《대한일보》 신춘문예에 시가, 1982년 《조선일보》 신춘문예에 단편소설이 당선되어 문단에 나왔다.

시집으로는 《슬픔이 기쁨에게》 《서울의 예수》 《새벽편지》 《별들은 따뜻하다》 《사랑하다가 죽어 버려라》등이 있으며, <소설시문학상> <동서문학상>을 수상했다.

꽃 지는 저녁

꽃이 진다고 아예 다 지나
꽃이 진다고 전화도 없나
꽃이 져도 나는 너를 잊은 적 없다
지는 꽃의 마음을 아는 이가
꽃이 진다고 저만 외롭나
꽃이 져도 나는 너를 잊은 적 없다
꽃 지는 저녁에는 배도 고파라

리기다소나무

당신을 처음 만났을 때
당신은 한 그루 리기다소나무 같았지요
푸른 리기다소나무 가지 사이로
얼핏얼핏 보이던 바다의 눈부신 물결 같았지요

당신을 처음 만나자마자
당신의 가장 아름다운 솔방울이 되길 원했지요
보다 바다 쪽으로 뻗어나간 솔가지가 되어
가장 부드러운 솔잎이 되길 원했지요

당신을 처음 만나고 나서 비로소
혼자서는 아름다울 수 없다는 걸 알았지요
사랑한다는 것이 아름다운 것인 줄 알았지요

첫마음

사랑했던 첫마음 빼앗길까봐
해가 떠도 눈 한번 뜰 수가 없네
사랑했던 첫마음 빼앗길까봐
해가 져도 집으로 돌아갈 수 없네

첫눈이 가장 먼저 내리는 곳

첫눈이 가장 먼저 내리는 곳은
너와 처음 만났던 도서관 숲길이다
아니다

네가 처음으로 무거운 내 가방을 들어주었던
버스 종점이다
아니다

버스 종점 부근에 서 있던
플라타너스 가지 위의 까치집이다
아니다

네가 사는 다세대주택 뒷산
민들레가 무더기로 피어나던 강아지 무덤 위다
아니다

지리산 노고단에 피었다 진 원추리의 이파리다
아니다

외로운 선인장의 가시 위다
아니다

봉천동 달동네에 사는 소년의 똥무더기 위다
아니다

초파일 날
네가 술을 먹고 토하던 조계사 뒷골목이다
아니다

전경들이 진압봉을 들고 서 있던 명동성당 입구다
아니다

나를 첫사랑이라고 말하던 너의 입술 위다
그렇다

누굴 사랑해본 것은 네가 처음이라고 말하던
나의 입술 위다
그렇다

후회

그대와 낙화암에 갔을 때
왜 그대 손을 잡고 떨어져 백마강이 되지 못했는지

그대와 만장굴에 갔을 때
왜 끝없이 굴속으로 걸어 들어가 서귀포 앞바다에 닿지 못
했는지

그대와 천마총에 갔을 때
왜 천마를 타고 가을 하늘 속으로 훨훨 날아다니지 못했는
지

그대와 감은사에 갔을 때
왜 그대 손을 이끌고 감은사 돌탑 속으로 들어가지 못했는
지

그대와 운주사에 갔을 때
운주사에 결국 노을이 질 때

왜 나란히 와불 곁에 누어 있지 못했는지
와불 곁에 잠들어 별이 되지 못했는지

자국눈

지상에 내리는 눈 중에서
가장 어여쁜 눈은 자국눈이다
첫사랑처럼
살짝 발자국이 찍히는 자국눈이다

어머니 첫사랑 남자를 만날 때마다
살짝살짝 자국눈이 내렸다지
그 남자가 가슴에 남긴 발자국이
평생 자국눈처럼 지워지지 않았다지

별똥별

별똥별이 떨어지는 순간에
내가 너를 생각하는 줄
넌 모르지

떨어지는 별똥별을 바라보는 순간에
내가 너의 눈물을 생각하는 줄
넌 모르지

내가 너의 눈물이 되어 떨어지는 줄
넌 모르지

수선화에게

울지 마라
외로우니까 사람이다
살아간다는 것은 외로움을 견디는 일이다
공연히 오지 않는 전화를 기다리지 마라
눈이 오면 눈길을 걸어가고
비가 오면 빗길을 걸어가라
갈대 숲에서 가슴 검은 도요새도 너를 보고 있다
가끔은 하느님도 외로워서 눈물을 흘리신다
새들이 나뭇가지에 앉아 있는 것도 외로움 때문이고
네가 물가에 앉아 있는 것도 외로움 때문이다
산 그림자도 외로워서 하루에 한 번씩 마을로 내려온다
종소리도 외로워서 울려 퍼진다

달팽이

내 마음은 연약하나 껍질은 단단하다
내 껍질은 연약하나 마음은 단단하다
사람들이 외롭지 않으면 길을 떠나지 않듯이
달팽이도 외롭지 않으면 길을 떠나지 않는다

이제 막 기울기 시작한 달은 차돌같이 차다
나의 길은 어느새 풀잎에 젖어 있다
손에 주전자를 들고 아침 이슬을 밟으며
내가 가야 할 길 앞에서 누가 오고 있다

죄 없는 소년이다
소년이 무심코 나를 밟고 간다
아마 아침 이슬인 줄 알았나 보다

안개꽃

얼마나 착하게 살았으면
얼마나 깨끗하게 살았으면
죽어서도 그대로 피어 있는가
장미는 시들 때 고개를 꺾고
사람은 죽을 때 입을 벌리는데
너는 사는 것과 죽는 것이 똑같구나
세상의 어머니들 돌아가시면
저 모습으로
우리 헤어져도
저 모습으로

■ 류시화

1957년 출생. 경희대학교 국문학과 졸업.
1980년 《한국일보》 신춘문예 시부문 당선.
1980-1982년 <시운동> 동인으로 활동.
1983-1990년 작품활동 중단. 구도의 길을 걷기 시작하다.
　　　이 기간동안 명상서적 번역작업을 하다. 《성자가
　　　된 청소부》 《성자가 되기를 거부하는 수도승》
　　　《장자, 도를 말하다》 《새들의 회의》 등 명상과
　　　인간의식 진화에 대한 주요서적 40여권 번역
1988년 《요가난다 명상센터》 등 미국 캘리포니아의 여러
　　　명상센터들 체험. 《성자가 된 청소부》의 저자 바
　　　바 하리와 만남
1989년 두 차례에 걸쳐 인도 여행. 라즈니쉬 명상센터 생활.
1988-1991년 기타 명상센터 생활
1991년 명상 구도 에세이집 《삶이 나에게 가르쳐 준 것
　　　들》 발간.

그대가 곁에 있어도 나는 그대가 그립다

물 속에는
물만 있는 것이 아니다
하늘에는
그 하늘만 있는 것이 아니다
그리고 내 안에는
나만이 있는 것이 아니다
내 안에 있는 이여
내 안에서 나를 흔드는 이여
물처럼 하늘처럼 내 깊은 곳 흘러서
은밀한 내 꿈과 만나는 이여
그대가 곁에 있어도
나는 그대가 그립다

길가는 자의 노래

집을 떠나 길 위에 서면
이름 없는 풀들은 바람에 지고
사랑을 원하는 자와
사랑을 잃을까 염려하는 자를
나는 보았네
잠들면서까지 살아갈 것을 걱정하는 자와
죽으면서도 어떤 것을 붙잡고 있는 자를
나는 보았네
길은 또 다른 길로 이어지고
집을 떠나 그 길 위에 서면
바람이 또 내게 가르쳐주었네
인간으로 태어나 슬픔을
다시는 태어나지 않으리라 다짐하는 자와
이제 막 태어나는 자
삶의 의미를 묻는 자와
모든 의미를 놓아 버린 자를
나는 보았네

나비

달이 지구로부터 달아날 수 없는 것은
지구에 달맞이꽃이 피었기 때문이다
지구가 태양으로부터 달아날 수 없는 것은
이제 막 동그라미를 그려낸
어린 해바라기 때문이다
아침에 눈을 뜨면 세상은
나비 한 마리로 내게 날아온다
내가 삶으로부터 달아날 수 없는 것은
너에 대한 그리움 때문.
지구가 나비 한 마리를 감추고 있듯이.
세상이 내게서
너를 감추고 있기 때문
파도가 바다로부터 달아날 수 없는 것은
그 속에서 장난치는 어린 물고기 때문이다
바다가 육지로부터 달아날 수 없는 것은
모래게 고개를 묻고 한 치 앞의 생을 꿈꾸는
늙은 해오라기 때문이다
아침에 너는 나비 한 마리로
내게 날아온다
달이 지구로부터 달아날 수 없는 것은
나비가 그 날개짓 때문
지구가 태양으로부터 달아날 수 없는 것은
너에 대한 내 그리움 때문

누구든 떠나갈 때는

누구든 떠나갈 때는
날이 흐린 날을 피해서 가자
봄이 아니더라도
저 빛 눈부셔 하며 가자

누구든 떠나갈 때는
우리 함께 부르던 노래
우리 나누었던 말
강에 버리고 가자
그 말과 노래 세상을 적시도록

때로 용서하지 못하고
작별의 말조차 잊은 채로
우리는 떠나왔네
한번 떠나온 길은
다시는 돌아갈 수 없었네

누구든 떠나갈 때는
나무들 사이로 지는 해를
바라보았다 가자

지는 해 노을 속에
잊을 수 없는 것들을 잊으며 가자

우리는 한때 두 개의 물방울로 만났었다.

우리는 한때
두 개의 물방울로 만났었다
물방울로 만나 물방울의 말을 주고받는
우리의 노래가 세상의 강을 더욱 깊어지게 하고
세상의 여행에 지치면 쉽게
한 몸으로 합쳐질 수 있었다
사막을 만나거든
함께 구름이 되어 사막을 건널 수 있었다
그리고 한때 우리는
강가에 어깨를 기대고 서 있던 느티나무였다
함께 저녁강에 발을 담근 채
강 아래쪽에서 깊어져 가는 물소리에 귀 기울이며
우리가 오랜 시간 하나였음을 확인할 수 있었다
바람이 불어도 함께 기울고 함께 일어섰다
번개도 우리를 갈라 놓지 못했다
우리는 그렇게 영원히 느티나무일 수 없었다
별들이 약속했듯이
우리는 몸을 바꿔 늑대로 태어나
늑대 부부가 되었다
아무도 가르쳐 주지 않았지만
늑대의 춤을 추었고
달빛에 드리워진 우리 그림자는 하나였다

사냥꾼의 총에 당신이 죽으면
나는 생각만으로도 늑대의 몸을 버릴 수 있었다
별들이 약속했듯이
이제 우리가 다시 몸을 바꿔 사람으로 태어나
약속했던 대로 사랑을 하고
전생의 내가 당신이었으며
당신의 전생은 또 나였음을
별들이 우리에게 확인시켜 주었다
그러나 당신은 왜 나를 버렸는가
어떤 번개가 당신의 눈을 멀게 했는가
이제 우리는 다시 물방울로 만날 수 없다
물가의 느티나무일 수 없고
늑대의 춤을 출 수 없다
별들의 약속을 당신이 저버렸기에
그리하여 별들이 당신을 저버렸기에

외눈박이 물고기의 사랑

외눈박이 물고기처럼 살고 싶다
외눈박이 물고기처럼
사랑하고 싶다
두눈박이 물고기처럼 세상을 살기 위해
평생을 두 마리가 함께 붙어 다녔다는
외눈박이 물고기 비목처럼
사랑하고 싶다
우리에게 시간은 충분했다 그러나
우리는 그만큼 사랑하지 않았을 뿐
외눈박이 물고기처럼
그렇게 살고 싶다
혼자 있으면
그 혼자 있음이 금방 들켜 버리는
외눈박이 물고기 비목처럼
목숨을 다해 사랑하고 싶다

저편 언덕

슬픔이 그대를 부를 때
고개를 돌리고
쳐다 보라
세상의 어떤 것에도 의지할 수 없을 때
그 슬픔에 기대라
저편 언덕처럼
슬픔이 그대를 손짓할 때
그곳으로 걸어가라
세상의 어떤 의미에도 기댈 수 없을 때
저편 언덕으로 가서
그대 자신에게 기대라
슬픔에 의지하되
다만 슬픔의 소유가 되지 말라.

민들레

민들레 풀씨처럼
높지도 않고 낮지도 않게
그렇게 세상의 강을 건널 수는 없을까
민들레가 나에게 가르쳐 주었네
슬프면 때로 슬피 울라고
그러면 민들레 풀씨처럼 가벼워진다고

슬픔은 왜
저만치 떨어져서 바라보면
슬프지 않은 것일까
민들레 풀씨처럼
얼마만큼의 거리를 갖고
그렇게 세상 위를 떠다닐 수는 없을까
민들레가 나에게 가르쳐 주었네
슬프면 때로 슬피 울라고
그러면 민들레 풀씨처럼 가벼워진다고

물안개

세월이 이따금 나에게 묻는다
사랑은 그 후 어떻게 되었느냐고
물안개처럼
몇 겹의 인연이라는 것도
아주 쉽게 부서지더라

속눈썹

너의 긴 속눈썹이 되고 싶어
그 눈으로 너와 함께
세상을 바라보고 싶어.
네가 눈물 흘릴 때
가장 먼저 젖고
그리움으로 한숨지을 때
그 그리움으로 떨고 싶어.
언제나 너와 함께
아침을 열고 밤을 닫고 싶어.
삶에 지쳤을 때는
너의 눈을 버리고 싶어.
그리고 너와 함께
흙으로 돌아가고 싶어.

언덕

뒷짐을 지고
한 짐 그리움 지고
올라가는
길, 햇빛은 가장 먼 곳에서
죽어 있는 것들 흔들며
내려오고

점점 작아지는 사람
하나

소금

소금이
바다의 상처라는 걸
아는 사람은 많지 않다
소금이
바다의 아픔이라는 걸
아는 사람은 많지 않다
세상의 모든 식탁 위에서
흰 눈처럼
소금이 떨어져 내릴 때
그것이 바다의 눈물이라는 걸
아는 사람은
많지 않다
그 눈물이 있어
이 세상 모든 것이
맛을 낸다는 것을

■ 기형도

1960년 2월 16일 경기도 옹진군 연평도에서
　　　　3남 4녀중 막내로 출생.
1967년 시흥초등학교에 입학.
1979년 신림중학교를 거쳐 중앙고등학교를 졸업. 연세대학
　　　　교 정법대 정법계열 입학, 교내 문학동아리 '연세문
　　　　학회'에 입회.
1980년 대학문학상인 박영준 문학상(소설부문)에
　　　　당선 없는 가작으로 입선.
1981년 방위병으로 입대, 복무 중 안양의 문학동인인
　　　　<수리>에 참여. 동인지에 <사강리> 등 발표,
　　　　시작에 몰두.
1982년 6월 전역 후 다수의 작품을 쓰며, 대학문학상인 윤
　　　　동주문학상(시부문)에 당선.

그 집 앞

그날 마구 비틀거리는 겨울이었네
그때 우리는 섞여 있었네
모든 것이 나의 잘못이었지만
너무도 가까운 거리가 나를 안심시켰네
나 그 술집 잊으려네
기억이 오면 도망치려네
사내들은 있는 힘 다해 취했네
나의 눈빛 지푸라기처럼 쏟아졌네
어떤 고함 소리도 내 마음 치지 못했네
이 세상에 같은 사람은 없네
모든 추억은 쉴 곳을 잃었네
나 그 술집에서 흐느꼈네
그날 마구 취한 겨울이었네
그때 우리는 섞여 있었네
사내들은 남은 힘 붙들고 비틀거렸네
나 못 생긴 입술 가졌네
모든 것이 나의 잘못이었지만
벗어둔 외투 곁에서 나 흐느꼈네
어떤 조롱도 무거운 마음 일으키지 못했네

나 그 술집 잊으려네
이 세상에 같은 사람은 없네
그토록 좁은 곳에서 나 내 사랑 잃었네

진눈깨비

때마침 진눈깨비 흩날린다.
코트 주머니 속에는 딱딱한 손이 들어 있다.
저 눈발은 내가 모르는 거리를 저벅거리며
여태껏 내가 한번도 본 적이 없는
사내들과 건물들 사이를 헤맬 것이다.

눈길 위로 사각의 서류 봉투가 떨어진다.
허리를 나는 굽히다 말고 생각한다.
대학을 졸업하면서 참 많은 각오를 했었다.
내린다 진눈깨비, 놀라 넋도 없다, 변덕이 심한 다리여
이런 귀가 길은 어떤 소설에선가 읽은 적이 있다.
구두 밑창으로 여러 번 불러낸 추억들이 밟히고,
어두운 골목길엔 불켜진 빈 트럭이 정거해 있다.
취한 사내들이 쓰러진다. 생각난다 진눈깨비 뿌리던 날
하루종일 버스를 탔던 어린 시절이 있었다.

낡고 흰 담벼락 근처에 모여 사람들이 눈을 턴다.
진눈깨비 쏟아진다. 갑자기 눈물이 흐른다. 나는 불행하다
이런 것은 아니었다. 나는 일생 몫의 경험을 다했다

진눈깨비

詩人·1

나의 魂은 主人 없는 바다에서 一萬갈래
물살로 흘렀다. 一千갈래는 고기떼로 표류
하였다. 그 중 너덧 마리는 그물에 걸리었다.
한 마리는 뭍에 오르자 곧 물새가 되어 날아갔다.
부리가 흰 물새는 한번도 울지 못하고 죽었다.
그는 하늘에 올라가 구름이 되었다. 물새의 魂은
九萬里 공중을 날다가 비가 되었다. 내릴 데
없는 물 같은 비가 되었다.

엄마 걱정

열무 삼십 단을 이고
시장에 간 우리 엄마
안 오시네, 해는 시든 지 오래
나는 찬밥처럼 방에 담겨
아무리 천천히 숙제를 해도
엄마 안 오시네, 배추잎 같은 발소리 타박타박
안 들리네, 어둡고 무서워
금간 창 틈으로 고요히 빗소리
빈방에 혼자 엎드려 훌쩍거리던

아주 먼 옛날
지금도 내 눈시울을 뜨겁게 하는
그 시절, 내 유년의 윗목

달밤

누나는 조그맣게 울었다.
그리고, 꽃씨를 뿌리면서 시집갔다.

봄이 가고.
우리는, 새벽마다 아스팔트 위에 도우도우새들이 쭈그려앉아
채송화를 싹뚝싹뚝 뜯어먹는 것을 보고 울었다.
맨홀 뚜껑은 항상 열려 있었지만
새들은 엇갈려 짚는 다리를
한 번도 빠뜨리지 않았다.

여름이 가고.
바람은, 먼 南國나라까지 차가운 머리카락을 갈기갈기 풀어
날렸다.
이쁜 달(月)이 노랗게 곪은 저녁,
리어카를 끌고 新作路를 걸어오시던 어머니의 그림자는
달빛을 받아 긴 띠를 발목에 매고, 그날 밤 내내
몹시 허리를 앓았다.

밤눈

내 속을 열면 몇 번이나 얼었다 녹으면서 바람이 불 때마다
또 다른 몸짓으로 자리를 바꾸던 은실들이 엉켜 울고 있어.
땅에는 얼음 속에서 썩은 가지들이 실눈을 뜨고 엎드려 있
었어. 아무에게도 줄 수 없는 빛을 한 점씩 하늘 낮게 박으
면서 너는 무슨 색깔로 또 다른 사랑을 꿈꾸었을까. 아무도
너의 영혼에 옷을 입히지 않던 사납고 고요한 밤, 얼어붙은
대지에는 무엇이 남아 너의 춤을 자꾸만 허공으로 띄우고
있을까. 하늘에는 온통 네가 지난 자리마다 바람이 불고 있
다. 아아, 사시나무 그림자 가득 찬 세상, 그 끝에 첫발을
디디고 죽음도 다가서지 못하는 온도로 또 다른 하늘을 너
는 돌고 있어. 네 속을 열면.

病

내 얼굴이 한 폭 낯선 풍경화로 보이기
시작한 이후, 나는 主語를 잃고 헤매이는
가지 잘린 늙은 나무가 되었다.
가끔씩 숨이 턱턱 막히는 어둠에 체해
반 토막 영혼을 뒤틀어 눈을 뜨면
잔인하게 죽어간 붉은 세월이 곱게 접혀 있는
단단한 몸통 위에,
사람아, 사람아 단풍든다.
아아, 노랗게 단풍든다.

沙江里

아무도 가려 하지 않았다.
아무도 간 사람이 없었다.

처음엔 바람이 비탈길을 깎아 흙먼지를 풀풀 날리었다.
하늘을 깎고 어둠을 깎고 눈[雪]의 살을 깎는 소리가 떨어
졌다.
산도 숲속에 숨어 있었다.
얼음도 깎인 벼의 밑둥을 붙잡고 놓지 않았다.
매 한 마리가 산까치를 움켜잡고 하늘 깊숙이 파묻혔다.
얼음장 위로 얼굴을 내밀었던 은빛 햇살도 사라졌다.
묘지에 서로 모여 갈대가 울었다. 그 속으로 눈발이 힘없이
쓰러졌다.
어둠이 하얗게 질린 얼굴로 사위어 있었다.

뒤엉켜 죽은 망초꽃들이 휘익휘익 공중에서 말하고 지나갔
다.
'그것 봐' '그것 봐'
황토빛 자갈이 주르르 넘어졌다. 구르고 지난 자리마다 사
정없이 눈(雪)이 꽂혔다.

꽃

내
靈魂이 타오르는 날이면
가슴 앓는 그대 庭園에서
그대의
온 밤내 뜨겁게 토해 내는 피가 되어
꽃으로 설 것이다.

그대라면
내 허리를 잘리어도 좋으리

짙은 입김으로
그대 가슴을 깁고

바람 부는 곳으로 머리를 두면
선 채로 잠이 들어도 좋을 것이다.

우리 동네 목사님

읍내에서 그를 본 것은 이번이 처음이었다.
철공소 앞에서 자전거를 세우고 그는
양철 홈통을 반듯하게 펴는 대장장이의
망치질을 조용히 보고 있었다.
자전거 짐틀 위에는 두껍고 딱딱해 보이는
성경책만한 송판들이 실려 있었다.
교인들은 교회당 꽃밭을 마구 밟고 다녔다, 일주일 전에
목사님은 폐렴으로 둘째아이를 잃었다. 장마통에
교인들은 반으로 줄었다. 더구나 그는
큰소리로 기도하거나 손뼉을 치며
찬송하는 법도 없어
교인들은 주일마다 쑤군거렸다. 학생회 소년들과
목사관 뒷터에 푸성귀를 심다가
저녁 예배에 늦은 적도 있었다.
성경이 아니라 생활에 밑줄을 그어야 한다는
그의 말은 집사들 사이에서
맹렬한 분노를 자아냈다. 폐렴으로 아이를 잃자
마을 전체가 은밀히 눈빛을 주고받으며
고개를 끄덕였다. 다음 주에 그는 우리마을을 떠나야 한다
어두운 천막교회 천정에 늘어진 작은 전구처럼
하늘에는 어느덧 하나둘 맑은 별들이 켜지고

대장장이도 주섬주섬 공구를 챙겨들었다
한참 동안 무엇인가 생각하던 목사님은 그제서야
동네를 향해 천천히 페달을 밟았다. 저녁 공기 속에서
그의 친숙한 얼굴은 어딘지 조금 쓸쓸해 보였다.

聖誕木
—— 겨울 版畵 · 3

크리스마스 트리는 아름답다.
그것뿐이다.

오늘은 왜 자꾸만 기침이 날까.
내 몸은 얼음으로 꽉 찬 모양이야
방안이 너무 어두워
한달 내내 숲에 눈이 퍼부었던
저 달력은 어찌나 참을성이 많았던지
바로 뒤의 바람벽을 자꾸 잊곤 했어
성냥불을 긋지 않으려 했는데
정말이야, 난 참으려 애썼어
어느새 작은 크리스마스 트리가 되었네
그래, 고향에 가고 싶어
지금보다 훨씬 더 어렸지만
사과나무는 나를 사로잡았어
그 옆에 은박지 같은 예배당이 있었지
틀린 기억이어도 좋아
멀고 먼 길 한가운데
알아? 얼음가루 꽉 찬 바다야
이 작은 성냥불이 어떻게 견딜 수 있겠어.

어머니는 나보고
소다가루를 좀 먹으라셔
어디선가 통통 기타 소리가 들려
방금 문을 연 촛불가게에 사람들이 몰려 있어
참, 그런데
오늘은 왜 아까부터

바람의 집
──── 겨울 版畵·1

내 유년 시절 바람이 문풍지를 더듬던 둥지의 밤이면 어머
니는 내 머리를 당신 무릎에 뉘고 무딘 칼끝으로 시퍼런 무
를 깎아주시곤 하였다. 어머니 무서워요 저 울음소리, 어머
니조차 무서워요. 애야, 그것은 네 속에서 울리는 소리란다.
네가 크면 너는 이 겨울을 그리워하기 위해 더 큰 소리로
울어야 한다. 자정 지나 앞마당에 은빛 금속처럼 서리가 깔
릴 때까지 어머니는 마른 손으로 종잇장 같은 내 배를 자꾸
만 쓸어내렸다. 처마 밑 시래기 한 줌 부스러짐으로 천천히
등을 돌리던 바람의 한숨. 사위어 가는 호롱불 주위로 방안
가득 풀풀 수십 장 입김이 날리던 밤, 그 작은 소년과 어머
니는 지금 어디서 무엇을 할까?

팬터마임

房안에는
새로 誕生한 아이들이
人形을 가지고 놀고 있었다.
한 아이가
손을 들었다
눈에서 물이 나왔다
그 아이는
수염이 돋아 있었고
손에 붕대를 감았는데
내가 끝없이 붕대를 풀자
놀랍게도 벌거숭이가 되었다
그 아이가 손목을 던졌고
그것은 빨간 掌匣이었다
눈물이 묻은 빨간 장갑이었다.

빈집

사랑을 잃고 나는 쓰네

잘 있거라, 짧았던 밤들아
창 밖을 떠돌던 겨울 안개들아
아무것도 모르던 촛불들아, 잘 있거라
공포를 기다리던 흰 종이들아
망설임을 대신하던 눈물들아
잘 있거라, 더 이상 내 것이 아닌 열망들아

장님처럼 나 이제 더듬거리며 문을 잠그네.
가엾은 내 사랑 빈집에 갇혔네.

■ 안도현

1961년 경북 예천에서 출생. 원광대학교 국문학과 졸업.
1981년 《대구매일》 신문 신춘문예 당선.
1984년 《동아일보》 신춘문예 당선.
1985년 첫시집 《서울로 가는 전봉준》 간행.
1989년 두번째 시집 《모닥불》 간행.
1991년 세번째 시집 《그대에게 가고 싶다》 간행.
1994년 네번째 시집 《외롭고 높고 쓸쓸한》 간행.
1996년 제1회 《시와시학》 젊은 시인상 수상.
1996년 어른을 위한 동화 《연어》 간행.

여울가에서

송사리떼에게 거슬러 오르는 일을 가르치려고
시냇물은 스스로 저의 폭을 좁히고
자갈을 깔아 여울을 만들었네

송사리 송사리들 귀를 밝게 하려고
여울목에 세찬 물소리도 걸어놓았네

시냇물의 힘줄을 팽팽하게 당기며
송사리는 송사리는 거슬러 오르고

그때

시냇물이 감추어 둔 손가락지 하나가
물 속에서 반짝, 하고 빛나네

겨울 강가에서

어린 눈발들이, 다른 데도 아니고
강물 속으로 뛰어내리는 것이
그리하여 형체도 없이 녹아 사라지는 것이
강은,
안타까웠던 것이다
그래서 눈발이 물위에 닿기 전에
몸을 바꿔 흐르려고
이리저리 자꾸 뒤척였는데
그때마다 세찬 강물소리가 났던 것이다
그런 줄도 모르고
계속 철없이 눈은 내려,
강은,
어젯밤부터
눈을 제 몸으로 받으려고
강의 가장자리부터 살얼음을 깔기 시작한 것이었다

제비꽃에 대하여

제비꽃을 알아도 봄은 오고
제비꽃을 몰라도 봄은 간다

제비꽃에 대해 알기 위해서
따로 책을 뒤적여 공부할 필요는 없지

연인과 들길을 걸을 때 잊지 않는다면
발견할 수 있을 거야

그래, 허리를 낮출 줄 아는 사람에게만
보이는 거야 자줏빛이지

자줏빛을 톡 한번 건드려봐
흔들리지? 그건 관심이 있다는 뜻이야

사랑이란 그런 거야
사랑이란 그런 거야

봄은,
제비꽃을 모르는 사람을 기억하지 않지만

제비꽃을 아는 사람 앞으로는

그냥 가는 법이 없단다

그 사람 앞에는
제비꽃 한 포기를 피워두고 가거든

참 이상하지?
해마다 잊지 않고 피워두고 가거든

애기똥풀

나 서른다섯 될 때까지
애기똥풀 모르고 살았지요
해마다 어김없이 봄날 돌아올 때마다
그들은 내 얼굴 쳐다보았을 텐데요

코딱지 같은 어여쁜 꽃
다닥다닥 달고 있는 애기똥풀
얼마나 서운했을까요

애기똥풀도 모르는 것이 저기 걸어간다고
저런 것들이 인간의 마을에서 시를 쓴다고

또 하나의 길

영대산 오르다가 길을 잃어버렸네
씩씩한 남학생 두엇 앞장서겠다 하네
그 뒤로 여학생들 나란히 따라가네
나는 맨 뒤에서 따라가네

아하, 없는 길이 생겨나네

花嚴寺, 내 사랑

人間世 바깥에 있는 줄 알았습니다
처음에는 나를 미워하는지 턱 돌아앉아
곁눈질 한번 보내오지 않았습니다

나는 그 화암사를 찾아가기로 하였습니다
세상한테 쫓기어 산 속으로 도망가는 게 아니라
마음이 이끄는 길로 가고 싶었습니다
계곡이 나오면 외나무다리가 되고
벼랑이 막아서면 허리를 낮추었습니다

마을의 흙먼지를 잊어먹을 때까지 걸으니까
산은 슬쩍, 풍경의 한 귀퉁이를 보여주었습니다
구름한테 들키지 않으려고
아예 구름 속에 주춧돌을 놓은
잘 늙은 절 한 채

그 절집 안으로 발을 들여놓는 순간
그 절집 형체도 이름도 없어지고,
구름의 어깨를 치고 가는 불명산 능선 한자락 같은
참회가 가슴을 때리는 것이었습니다
인간의 마을에서 온 햇볕이
화암사 안마당에 먼저 와 있었기 때문입니다

나는, 세상의 뒤를 그저 쫓아다니기만 하였습니다

화암사, 내 사랑
찾아가는 길을 굳이 알려주지는 않으렵니다

나와 잠자리의 갈등 · 1

다른 곳은 다 놔두고
굳이 수숫대 끝에
그 아슬아슬한 곳에 내려앉는 이유가 뭐냐?
내가 이렇게 따지듯이 물으면

잠자리가 나에게 되묻는다
너는 지금 어디에 서 있느냐!

우주

잠자리가 원을 그리며 날아가는 곳까지가
잠자리의
우주다

잠자리가 바지랑대 끝에 앉아 조는 동안은
잠자리 한 마리가
우주다

제비꽃 편지

제비꽃이 하도 예쁘게 피었기에
화분에 담아 한번 키워보려고 했지요
뿌리가 아프지 않게 조심조심 삽으로 떠다가
물도 듬뿍 주고 창틀에 놓았지요
그 가는 허리로 버티기 힘들었을까요
세상이 무거워서요
한 시간이 못되어 시드는 것이었지요
나는 금세 실망하고 말았지만
가만 생각해보니 그럴 것도 없었어요
시들 때는 시들 줄 알아야 꽃인 것이지요
그래서
좋다
시들어라, 하고 그대로 두었지요

겨울산에서 뉘우치다

이 세상을 점점이 묘사하여 내리는 눈송이

이 풍경 한쪽 구석에다 내 이름 석 자 쓰고
붉은 낙관이나 하나 꽝, 찍어 버려?

너, 이 도둑노옴!
무엇을 더 가지겠다는 거냐?

내 이마를 후려치고 가는 눈발의 회초리
내 마음 문득 더워
산수유 열매 붉어라

나와 잠자리의 갈등 · 2

잠자리가 빨랫줄에 수도 없이 널려 있다
잘난 놈 한 마리는 바지랑대 끝에도 앉아 있다
나는 바지랑대 끝을 살짝 건드려본다
순간, 아무 죄 없는 하늘이 갈가리 찢어져
마당으로 우수수 쏟아져 내린다
살다 보면 보이지 않던 것들이
다시 보이기 시작할 때가 있는 법인데
그 무렵 공중에는 잠자리떼가 유유히 날아다니는 것이다
속이 훤히 비치는 속치마 같은 날개를 단 것들이
빨래가 되어 빨랫줄에 내려앉는 것이다
나는 은근히 부아가 치밀어 오른다
아니, 저것들이 제 눈 속에 들어 있는 수많은 나를
겨우 똥파리쯤으로 여기는 거 아녀?
빨랫줄이야 어찌 되든 말든
나는 있는 힘을 다해 바지랑대를 흔들어버린다
그러자 부근의 잠자리들은 얼씬도 하지 못하고
점점 하늘 속으로 떠나가서는 돌아오지 않는 것이다
아아, 그때부터였다
세상을 좀더 깊숙이 들여다보겠다고 마음먹은 것은
햇살의 알맹이처럼 빨갛게 몸을 달군 잠자리떼가
마당 가득히 날아오기를 기다리기 시작한 것은

■ 신경림

1936년 4월 6일 충청북도 중원에서 태어났다.
1960년 동국대학교 영문과를 졸업하였다.
1955~1956년 《문학예술》에 이한직의 추천을 받아 시
《낮달》 《갈대》 《석상》 등을 발표하여 문단에 나왔다.
1973년 제1회 만해문학상, 1981년 제8회 한국문학작가상을
수상하였다.

시집에 《새재》(1979), 《달넘세》(1985), 《남한강》(1987),
《우리들의 북》(1988), 《길》(1990) 등이 있고, 평론에
《농촌현실과 농민문학》(1972), 《삶의 진실과 시적 진실》
(1982), 《역사와 현실에 진지하게 대응하는 시》(1984),
《민요기행》(1985), 《우리 시의 이해》(1986) 등이 있다.

찌그러진 작업화

새파랗게 빛나는 잎만 있는 것이 아니다
누눕시게 아름다운 꽃만 있는 것이 아니다
찢기고 할퀴어 흠집투성이인 가지가 보인다
벌레와 비바람에 썩고 잘려나간 밑둥이 보인다
돌과 흙에 짓눌린 뿌리가 보인다

얼어붙은 비탈길을 미끄러지는 쓰레기차가 보인다
이른 새벽 비탈길을 미끄러지는 쓰레기차가 보인다
새벽 셔터를 울리는 시퍼렇게 터진 손이 보인다
농익어 단 열매만을 뽐내는 저 큰 나무에

흔적

생전에 아름다운 꽃을 많이도 피운 나무가 있다
해마다 가지가 휠 만큼 탐스런 열매를 맺은 나무도 있고,
평생 번들거리는 잎새들로 몸단장만 한 나무도 있다.
가시로 서슬을 세워 끝내 아무한테도 곁을 주지 않은
나무도 있지만, 모두들 산비알에 똑같이 서서
햇살과 바람에 하얗게 바래가고 있다.

지나간 모든 날들을 스스로 장미빛 노을로 덧칠하면서.
제각기 무슨 흔적을 남기려고 안간힘을 다하면서.

발자국

다 해진 신발에 배낭을 메고
길을 가면서 발자국을 남긴다
기념관 방명록에 이름을 쓰고
여관집 뜰에는 과꽃을 심는다
뒷골목 니나노집에 노래를 흘리고
더러는 하찮은 꿈도 뿌린다
한 삼 년 지나 그 길을 더듬으면서
이번에 나는 발자국을 지운다
방명록에서 이름을 뭉개고
여관집 뜰에서 과꽃을 파 없앤다
번화가로 바뀐 뒷골목을 다니면서는
남이 볼세라 노래와 꿈을 거두고

그리고 또 한 삼 년이 지나
다 해진 신발에 배낭을 지고
그 길을 가면서 다시 발자국을 만든다
뭉개고 파 없앤 일일랑 아예 잊고
심고 뿌리면서 흔적을 만든다

막차

모두들 서둘러 내렸다
빈 찻잔에 찌그러진 신발과 먹다 버린 깡통들
덜컹대며 차는 는개 속을 가고
멀리서 아주 멀리서 닭 우는 소리

그믐달은 숨어서 나오지 않는다
간이역에는 신호등이 없다
갯마을에서는 철적은 상여소리에 막혀
차도 머뭇머뭇 서서 같이 요령을 흔드는
물 빠져나간 스산한 갯벌
자욱한 는개 속에
그대들 버려진 꿈속에

어머니와 할머니의 실루엣

어려서 나는 램프 불 밑에서 자랐다,
밤중에 눈을 뜨고 내가 보는 것은
재봉틀을 돌리는 젊은 어머니와
실을 감는 주름진 할머니뿐이었다.
나는 그것이 세상의 전부라고 믿었다.
조금 자라서는 칸델라 불 밑에서 놀았다,
밖은 칠흑 같은 어둠
지익지익 소리로 새파란 불꽃을 뿜는 불은
주정하는 험상궂은 금점꾼들과
셈이 늦는다고 몰려와 생떼를 쓰는 그
아내들의 모습만 돋움새겼다,
소년 시절은 전등불 밑에서 보냈다,
가설극장의 화려한 간판과
가겟방의 휘황한 불빛을 보면서
나는 세상이 넓다고 알았다, 그리고

나는 대처로 나왔다.
이곳 저곳 떠도는 즐거움도 알았다,
바다를 건너 먼 세상으로 날아도 갔다,
많은 것을 보고 많은 것을 들었다.
하지만 멀리 다닐수록, 많이 보고 들을수록
이상하게도 내 시야는 차츰 좁아져

내 망막에는 마침내
재봉틀을 돌리는 젊은 어머니와
실을 감는 주름진 할머니의
실루엣만 남았다.

내게는 다시 이것이
세상의 전부가 되었다.

돌 하나, 꽃 한 송이

꽃을 좋아해 비구 두엇과 눈속에 핀 매화에 취해도 보고
개망초 하냥 간척지 농투성이 농성에 덩달아도 보고
노래가 좋아 기성화장수 봉고에 실려 반도 횡단도 하고
버려진 광산촌에서 중로의 주모와 동무로 뒹굴기도 하고

이래서 이 세상에 돌로 버려지면 어쩌나 두려워하면서
이래서 이 세상에 꽃으로 피었으면 꿈도 꾸면서

객창에서 바람소리를 듣다

황량한 어린 날의 휘파람으로
바람 찬 강촌의 여울 물소리로

뉘우침이 되어서
아픔이 되어서
먼저 간 친구의 속삭임이 되어서

나뭇잎들을 데리고
모든 떨어지는 것들을 데리고

밤새 갯벌을 헤매다가
도심의 휘황한 불빛 속을 누비다가
어두운 골목을 서성이다가

미루나무 가지에 걸려 울다가
기웃이 불꺼진 창문을 들여다보다가
달빛에 몸을 드러냈다가

꿈이 되어서
속삭임이 되어서
하늘에 훨훨 새가 되어서

나뭇잎들을 데리고
더 많은 사라지는 것들을 데리고

귀성 열차

눈 위에 주름 귀밑에 물사마귀
다들 한결같이 낯설지가 않다
아저씨 워데까지 가신대유
한강만 넘으면 초면끼리 주고받는
맥주보다 달빛에 먼저 취한다
그 저수지에서 붕거지 참 많이 잡혔지유
찻간에 가득한 고향의 풀냄새
달빛에서는 귀뚜라미 울음도 들린다
아직 대목장이 제법 크게 슨대면서유
쫓기고 시달린 삶이 꼭 꿈결 같아
터진 손이 조금도 쓰리지 않고
감도 꽤 붉었겠지유 인제
이 하루의 행복을 위해
흘린 땀과 눈물도 적지 않으리
여봐유 방앗간집 할머니 아니슈
돌려세우면 처음 보는 시골 늙은 아낙
선물 보따리가 달빛 속을 달려가고
너무 똑같아 실례했슈
모두들 모르는 사람들이어서
낯선 데가 하나도 없는 귀성열차

터

민들레 꽃다지 앉은뱅이 사이에서
눈서리에 팔다리 뒤틀리기도 하고
아침 이슬에 활짝 되살아나기도 하고

아름다운 꽃 한 송이 피우지 못하고
꽃씨 한 알 높이 날려 올리지 못하면서
장터 상밥집 널마루를 뒹굴며

땀내 지린내 비린내에 절어
뜨거운 틀국수로 삼복에 어깃장도 놓고
속 빈 웃음으로 초승달 벗도 하고

산 넘어 강 건너기를 그리워하면서
골짜기를 휩쓰는 비바람에 두려워 떨면서
물총새 노랑턱멧새 개고마리에 뒤섞여

이 터에 사는 일이 행복한 건지
이 터에 사는 일이 불행한 건지
산 넘어 강 건너를 두려워하면서

아버지의 그늘

툭하면 아버지는 오밤중에
취해서 널부러진 색시를 업고 들어왔다.
어머니는 입을 꾹 다문 채 술국을 끓이고
할머니는 집안이 망했다고 종주먹질을 해댔지만,
며칠이고 집에서 빠져나가지 않는
값싼 향수 내가 나는 싫었다
아버지는 종종 장바닥에서
품삯을 못 받은 광부들한테 멱살을 잡히기도 하고,
그들과 어울려 핫바지춤을 추기도 했다.
빚 받으러 와 사랑방에 죽치고 앉아 내게
술과 담배 심부름을 시키는 화약장수도 있었다.

아버지를 증오하면서 나는 자랐다.
아버지가 하는 일은 결코 하지 않겠노라고,
이것이 내 평생의 좌우명이 되었다.
나는 빚을 질 일을 하지 않았다,
취한 색시를 업고 다니지 않았고,
노름으로 밤을 지새지 않았다.
아버지는 이런 아들이 오히려 장하다 했고
나는 기고만장했다, 그리고 이제 나도
아버지가 중풍으로 쓰러진 나이를 넘었지만,

나는 내가 잘못했다고 생각할 일이 없다,
일생을 아들의 반면교사로 산 아버지를
가엾다고 생각한 일도 없다, 그래서
나는 늘 당당하고 떳떳했는데 문득
거울을 보다가 놀란다, 나는 간 곳이 없고
나약하고 소심해진 아버지만이 있어서,
취한 색시를 안고 대낮에 거리를 활보하고,
호기 있게 광산에서 돈을 뿌리던 아버지 대신,
그 거울 속에는 인사동에서도 종로에서도
제대로 기 한번 못 펴고 큰소리 한번 못 치는
늙고 초라한 아버지만이 있다.

낮달

주문을 받은 주인은 가슴에
베트남 전쟁의 상처를 안고 산다
중년을 넘긴 아낙은 얼굴에
쌍꺼풀 수술 자국을
지니고 산다

상위에 날려와 놓이는 보리밥에는
언덕에 피어 있던 달착지근한
찔레꽃이 묻어 있다
앞동산 애총의 황토가 섞여 있다
뚱뚱한 본처의 앙칼진 강짜가
씁쓸한 맛으로 끼여 있다
이것들에다

된장에 고추장에 산나물을 섞어
진한 화냥기까지 두루 섞여
썩썩 비비는 아낙의 손에는
낮달처럼 바랜 지난날의
얘기가 묻어 있다

마주치면 손톱을 세우고 이빨을 갈다가도

큰 몽둥이 하나 끌고 쇠전에서 설치던
가마니 잘 짜던 내 족숙은 거적때기에 말리고
그 족숙 미워 시향도 피하던 다른 족형
칼빈총 멘 채 등에 칼 꽂고 금점굴에 처박히고
그놈의 높새바람 사납기도 하더니
참나무고 홰나무고 남아날 것 같지 않더니

이젠 족숙모 잡화전 모퉁이에서 국수틀을 돌리고
족형수 길 건너 노점에서 시루편을 팔고
마주치면 더러 입에 게거품을 물다가도
허허거리고 얻어온 시향떡도 나누고
그놈의 마파람 모질기도 하더니
진달래고 개나리고 다시 필 것 같지 않더니
마주치면 손톱을 세우고 이빨을 갈다가도

파장

못난 놈들은 서로 얼굴만 봐도 흥겹다
이발소 앞에 서서 참외를 깎고
목로에 앉아 막걸리를 들이키면
모두들 한결 같이 친구 같은 얼굴들
호남의 가뭄 얘기 조합 빚 얘기
약장사 기타 소리에 발장단을 치다 보면
왜 이렇게 자꾸만 서울이 그리워지나
어디를 들어가 섰다라도 벌일까
주머니를 털어 색시집에라도 갈까
학교 마당에들 모여 소주에 오징어를 찢다
어느새 긴 여름해는 저물어
고무신 한 켤레 또는 조기 한 마리 들고
달이 훤한 마찻길을 절둑이는 파장

■ 강은교

1945년 함경남도 홍원 출생.
　　　　경기여자중학교, 연세대학교 영문과, 연세대학교 대
　　　　학원 국어국문과 졸업.
1968년 《사상계》 <순례자의 잠> 외 2편으로 등단.
　　　　동아대학교 문과대학 국어국문과 교수.
　　　　한국문학작가상, 현대문학상 수상.
1971년 시집 《허무집》 출간.
1974년 시집 《풀잎》 출간.
1975년 산문집 《그물사이로》 ,《추억제》
　　　　역서 《예언자》 출간.
1977년 시집 《빈자일기》 출간,
　　　　산문집 《도시의 아이들》 출간.
1982년 시집 《소리집》 출간.
1984년 시선집 《붉은 강》 ,
　　　　산문집 《누가 풀잎으로 다시 눈뜨랴》 출간.
1985년 산문집 《어두우니 별 뜨는 하늘이 있네》 출간.
1987년 시집 《바람의 노래》 출간.
1989년 시집 《오늘도 너를 기다린다》 출간.
1992년 시집 《벽속의 벽》 출간.

풀잎

아주 뒷날 부는 바람을
나는 알고 있어요.
아주 뒷날 눈비가
어느 집 창틀을 넘나드는지도
늦도록 잠이 안 와
살 밖으로 나가 앉는 날이면
어쩌면 그렇게도 어김없이
울며 떠나는 당신들이 보여요
누런 베수건 거머쥐고
닦아도 닦아도 지지 않는 피들 닦으며
아, 하루나 이틀
해 저문 하늘을 우러르다 가네요
알 수 있어요, 우린
땅 속에 다시 눕지 않아도.

자전 · 2

밤마다 새로운 바다로 나간다.
바람과 햇빛의
싸움을 겨우 끝내고
항구 밖에 매어놓은 배 위에는
색각에 잠겨
비스듬히 웃고 있는 지구
누가 낯익은 곡조의
기타아를 튕긴다.
그렇다. 바다는
모든 여자의 자궁 속에서 회전한다.
밤새도록 맨발로 달려가는
그 소리의 무서움을 들었느냐.
눈치채지 않게 뒷길로 사라지며
나는 늘
떠나간 뜰의 낙화가 되고
울타리 밖에는 낮게 낮게
바람과 이야기하는 사내들

어디서 닫혔던 문이 열리고
못 보던 아이 하나가
길가에 흐린 얼굴로 서 있다.

사랑법

떠나고 싶은 자
떠나게 하고
잠들고 싶은 자
잠들게 하고
그리고도 남는 시간은
침묵할 것.

또는 꽃에 대하여
또는 하늘에 대하여
또는 무덤에 대하여

서둘지 말 것
침묵할 것.

그대 살 속의
오래 전에 굳은 날개와
흐르지 않는 강물과
누워 있는 누워 있는 구름,
결코 잠깨지 않는 별을

쉽게 꿈꾸지 말고
쉽게 흐르지 말고
쉽게 꽃피지 말고
그러므로

실눈으로 볼 것
떠나고 싶은 자
홀로 떠나는 모습을
잠들고 싶은 자
홀로 잠드는 모습을

가장 큰 하늘은 언제나
그대 등 뒤에 있다.

우리가 물이 되어

우리가 물이 되어 만난다면
가문 어느 집에선들 좋아하지 않으랴.
우리가 키 큰 나무와 함께 서서
우르르 우르르 비 오는 소리로 흐른다면.

흐르고 흘러서 저물녘엔
저 혼자 깊어지는 강물에 누워
죽은 나무뿌리를 적시기도 한다면.
아아, 아직 처녀인
부끄러운 바다에 닿는다면.

그러나 지금 우리는
불로 만나려 한다.
벌써 숯이 된 뼈 하나가
세상에 불타는 것들을 쓰다듬고 있나니

만리 밖에서 기다리는 그대여
저 불 지난 뒤에
흐르는 물로 만나자.
푸시시 푸시시 불꺼지는 소리로 말하면서
올 때는 인적 그친
넓고 깨끗한 하늘로 오라.

별

새벽 하늘에 혼자 빛나는 별
홀로 뭍을 물고 있는 별
너의 가지들을 잘라 버려라
너의 잎을 잘라 버려라
저 섬의 등불들, 오늘도 검은 구름의 허리에 꼬옥 매달려
있구나
별 하나 지상에 내려서서 자기의 뿌리를 걷지 않는다

아침

이제 내려놓아라
어둠은 어둠과 놀게 하여라
한 물결이 또 한 물결을 내려놓듯이
한 슬픔은 어느 날
또 한 슬픔을 내려놓듯이

그대는 추억의 낡은 집
흩어지는 눈썹들
지평선에는 가득하구나
어느 날의 내 젊은 눈썹도 흩어지는구나,
그대, 지금 들고 있는 것 너무 많으니
길이 길 위에 얹혀 자꾸 펄럭이니

내려놓고, 그대여
텅 비어라
길이 길과 껴안게 하라
저 꽃망울 드디어 꽃으로 피었다.

한 여자가 있는 풍경

벗나무 밑에서
한 젊은 여자가 울부짖고 있다
제 가슴을 쥐어뜯는다
얇은 나일론 블라우스가
몰려 서 있는 은빛 안개를 흔든다.

아침이 그치고
여기저기 젖은 창마다
푸시시한 얼굴들이 내걸린다
기웃거리는 은빛 안개.

젊은 여자가 길고 높은 목소리
벗나무 굽은 가지를 흔들며
젖은 창마다 급히 달려가다가
오만하게 솟은 별에 부딪혀
부스스 부서져 내린다
피가 흐른다.

어떤 비닐봉지에게

어느 가을날 오후, 비닐 봉지 하나가 길에 떨어져 있다가
나에게로 굴러왔다.
그 녀석은 헐떡헐떡거리면서 나에게 자기의 몸매를 보여 주
었다.
그 녀석이 한바퀴 빙 돌았다, 마치 아름다운 패션 모델처럼
그러자 그 녀석의 몸에선 바람이 일었다.
얄궂은 바람, 나를 한 대 세게 쳤다.
나는 나가떨어졌다. 한참 널브러져 있다가 내가 정신을 차
렸을 때는
그 녀석, 비닐 봉지는 바람에 춤추며 가는 중이었다.
나는 마구 달려갔다, 바람 속으로
비닐 봉지는 나를 돌아보면서도 자꾸 달아났다. 나는 그 녀
석을 따라갔다,
넘어지면서, 피 흘리면서
쓰레기들이 옹기종기 모여 있는 곳으로,
실개천이 쭈빗쭈빗 흐르고,
흐늘흐늘 산소가 없어지고 있는 곳으로,
우리의 꿈이 너덜너덜 옷소매를 흔들고 있는 곳으로,
비닐 봉지는 나를 돌아보며 소리쳤다,
나는 위대해! 나는 영원해!

나는 몸을 떨었다, 귓속으로 그 녀석의 목소리가 쳐들어왔
다.
— 나는 영원히 썩지 않는다네, 썩지 않는 인간의 자식이라네,
비닐 봉지는 바람 속에 노오란 꽃처럼 피어났다.

내 만일

내 만일 폭풍이라면
저 길고 튼튼한 너머로
한번 보란 듯 불어볼 텐데…….
그래서 그대 가슴에 닿아볼 텐데…….

번쩍이는 벽돌쯤 슬쩍 넘어뜨리고
벽돌 위에 꽂혀 있는 쇠막대기쯤
눈 깜짝할 새 밀쳐내고
그래서 그대 가슴 깊숙이
내 숨결 불어넣을 텐데…….

내 만일 안개라면
저 길고 튼튼한 벽 너머로
슬금슬금 슬금슬금
기어들어
대들보건 휘장이건
한번 맘껏 녹여볼 텐데…….

그래서 그대 피에 내 피
맞대어볼 텐데…….

내 만일 종소리라면
어디든 스며드는
봄날 햇빛이라면
저 벽 너머
때없이 빛 소식 봄소식 건네주고
우리 하느님네 말씀도 전해줄 텐데…….
그래서 그대 웃음 기어코 만나볼 텐데…….

우리의 적은

우리의 적은
일 센티미터의 먼지와
스무 시간의 소음과
그리고 다시 밝는 하늘이다.

몇 번이라도 되아무는 상처와
서른 번의 숨소리와
뜨거운 손톱.

우리의 적은
전쟁이 아니다.
부자유가 아니다.
어둠 속에서도 너무 깊이 보이는
그대와 나의 눈.

십리 밖에 온 가을도
우리의 눈을 벗을 수는 없다
가을이 일으키는 혁명도
아아, 실오라기 연기 하나도.

어젯밤은 좋은 꿈을 꾸고
오늘 길을 떠난 아버지여,
그대 없이도 꿈 이야기는 살아서
즐겁게 저문 하늘을 날아다닌다.

그렇다, 우리의 적은
저 끊어지지 않는 희망과
매일 밤 고쳐 꾸는 꿈과
不死의 길.
그리고 아직 살아 있음.

나의 슬픔

나의 슬픔은
고춧가루예요
싯허연 이빨 새에 끼인
한 점 핏물예요
밤이 와서
깔아놓았던 빛을 다
거두어 가면
고춧가루는 자라서
조국이 되고
그대 맑은 눈물이 되고
나의 뿌리, 나의 더러움은
더 든든해지는 걸

나의 슬픔은
정오에 느릿느릿 파내는
새빨간 샛빨간 시간예요
핏물예요

■ 임노순

1952년 강원 철암 출생.
　　경북 도촌초등, 영주중, 계림중, 영광고 졸업.
　　경북전문대, 대한신학교 졸업.
　　캐나다 크리스천 칼리지 졸업.
1999년 동 대학원 종교교육학 박사.
1973년 월간 《풀과 별》, 월간 《시문학》지 추천으로 등단.
　　한국문인협회, 한국시인협회 회원.
　　국제 PEN 한국본부 회원.
　　대한신학교 교수.
　　현재 경기대 한국동양어문학부 외래교수.
　　사단법인 평생교육진흥연구회 교육원 원장.
　　인천문예창작대학 학장.
　　저서로는 시집 《낮달은 왜 뜨는가》, 《무궁화꽃이
　　피었습니다》, 이론서로 《독서지도학》,《누구나 할
　　수 있는 글쓰기》 등이 있다.

벌목장에서

도끼 날에 찍혀
푸른 시간들이 떨어진다
오랜 빛과 어둠이 토막 지고
톱질에 썰려
맥없이 쓰러지는
아름드리 세월

맨살 드러낸 산이 돌아앉아
무섭게 침묵한다

톱질이 멎고
나무들 무성했던 자리에
무너지는 하늘
뚝심 좋은 벌목꾼의 손에 궁글려
토막 난 시간들이 쌓이고,
빛과 어둠은 가려진다

훗날 어느 좋은 자리
대들보나 서까래로 얹혀
또 다른 하늘
받쳐줄 수 있을까,
아프게 장작으로 쪼개져

다 못한 거목의 꿈으로
활활 타올라
언 땅, 언 마음
녹일 수 있을까……

톱질소리에 놀란
유목(幼木)들 곁에서
누렇게 드러난 日月의 밑동만 남아
숲의 역사를 가르치며,
강물이 깊고도 푸르러야 하는
이치를 가르치며
서서히 썩어갈 것이다

햇빛이 쏟아져
발목이 푹푹 빠지는 벌목장에
바람이 들끓는다.

별곡

산갈대 허옇게
머릴 풀고

바람을 쓸며 섰는
산길을 가네

이승에 겨운 인연
눈짓으로 접어두고

해와 달 닦아내던
구름길 가네

훠어이 훠어이 훠어이

엿장수

가위에 잘려나가는 것이
바람만이 아니다
햇빛만도 아니다

뭉텅 뭉텅 잘려나가는
시간이 있다

웃음소리도 잘려 나간다

아이들이 들고 나온
어른들의 세월과,
고물이 되어버린 꿈조차
달디단 엿맛으로 바뀌면
한 골목의 가위질은 끝난다

동강난 시간들이 팔딱거리는
오후의 골목에
가위소리만 남아
허공을 자르고 있다.

아버지와 아비

내가 아비가 되어 늙어가고 있는 동안
아버지가 그립지 않았다
딸과 아들에게 소주잔을 건네며 인생을
얘기할 때에 이르도록 아버지가
그립지 않았다 시간이
한참 흐른 뒤 그 아이들이 스스로
생각할 수 있게 되었을 때
자신이 걸어 갈 길을 선택했을 때
그 아이들이 마침내 자기 목소리를 내기 시작했을 때
갑자기 아버지가
떠올랐다 아버지가
그리웠다 아버지가

황사

이렇게 흐린 날
꽃은 피어난다

노오란 웃음 터트리는
산수유
가지들이 소란하다

이렇게 흐린 날
말은 쏟아진다

검붉은 혀로 터트리는
거짓말
세상이 소란하다

저 산수유
꽃들이 가슴에 피면
짙은 황사 마침내 걷히려나

소래 이야기

길이 끊기면 어떻게 이어야 하는지
소래는 알고 있다
끊어져 없어진 길 위에서는 그 모든 길에
얽힌 사연들을 다 잊어버리지만
남아 있는 철길에 올라서기만 하면
이내 협궤열차가 되어 종종거리며 달리게 된다

길이 끊기면 어떻게 이어야 하는지
소래에 가면 알 수 있다
끊어져 없어진 길 위에서는
그 모든 길이 마음으로 이어진다
남아 있는 철교에 올라서기만 하면
서로 협궤열차가 되어 뒤뚱거리며 달릴 수 있다

불씨

나무란 나무
다 타고

그 단단하던 바위조차
타서 푸석거리는 산

그것을 바라보던
눈빛이랑
가슴도 까맣게
타버린 산에

진달래, 진달래, 진달래가
불씨로 살아남아
붉은 눈물 뚝뚝
터뜨리는 봄

진달래 꽃

마음이 급해 잎보다 먼저 나와 소리 없이 웃는 법을 가르
치고 있다

고백·7

배가 고파
꿩알을 찾으려고
온 산을 헤매다 허탕을 쳤습니다.

찔래 순 꺾어 먹고
양지 볕에 잠이 드는 데
저만치서 꿩이 울고 있습니다
쿠엉 쿠엉 쿠어엉

꿈속에서도 배가 고파
꿩알을 찾으려고
온 산을 헤매다
허탕만 쳤습니다

찔래 순 꺾어들고
산길 내려오는데
꿩 울음만 내 뒤를
따라옵니다
쿠엉 쿠엉 쿠어엉

목련

떠나간 사람이
생각날 때면
목련꽃이 핀다

가슴에는 꽃잎 만한
그리움이 쌓이고
하늘은 왜 흐려있는지

떠나간 사람이
잊혀질 때면
목련꽃 진다

가슴에 겹겹이
꽃잎 만한
슬픔이 쌓이고
창밖에는 비가 내린다

사랑하는 사람아
해마다 오는 봄처럼
해마다 피고 지는 목련처럼
그렇게는 돌아오지 말일이다

빈잔

잔을 비우고 나면
누군가가 금방
채우고 만다

내 빈속에
가득히 술이
채워지는 동안에도
끝없는 갈증

비어있는 술잔을
오래 바라보고 싶다

마지막 몇 방울로
남아있는 나를
비워낼 때까지

벚꽃

봄눈
스러진 자리
꽃잎이 내린다

사랑하는 이여
그대 떠날 때도
그 자리에
꽃잎이 내릴까

피어 있을 때보다
지고 있을 때가
더 아름다운
꽃이어

임노순(任魯淳)

　　1952 강원 철암 출생. 경북 도촌초등, 영주중, 계림중, 영광고 졸업. 경북전문대
를 거쳐 대한신학교 졸업. 캐나다 크리스천 칼리지 졸업. 동 대학원 종교교육학 박
사. 월간 『풀과 별』 및 월간 『시문학』지 추천으로 문단 등단. 한국문인협회,
한국시인협회 회원. 국제 PEN 한국본부 회원. 대한신학교 교수. 현재, 경기대 한국
동양어문학부 외래교수. 사단법인 평생교육진흥연구회 교육원 원장. 인천문예창작
대학 학장. 저서로는 시집 「낮달은 왜 뜨는가」, 「무궁화꽃이 피었습니다」, 이
론서로 「독서지도학」, 「누구나 할 수 있는 글쓰기」 등이 있다. 연락처는
032-446-3114(연구실)과 011-256-2266(핸드폰)이다.

詩 창작과 좋은 시 감상

2002년 4월 1일 1판 1쇄 인쇄
2002년 4월 5일 1판 1쇄 발행

지은이　임 노 순
펴낸이　김 송 희
펴낸곳　자 료 원

주소 / 405-224 인천광역시 남동구 구월4동 1286의 12호
전화 / (032) 463-8338 / (032) 462-9131
팩스 / (032) 463-8339
홈페이지 / www.jaryoweon.co.kr
이메일 / jrw92@jaryoweon.co.kr
출판등록 1992. 11. 18. 제42호

ⓒ 2002, 임노순

ISBN 89-85714-57-0　　　93800